LA CHASSE DE WOTAN

TOME 1

Du même auteur :

Entre Adultes, éditions LCA (2021)

Black Devil, éditions LCA (2023)

Laurence Caro

LA CHASSE DE WOTAN

TOME 1

Roman

Avril 2024

ISBN : 978-2-9543805-5-1
Editeur : LCA
Les Prés de Réchou
83550 Vidauban, France

Dépôt légal : avril 2024

Auteur : Laurence Caro

I

Samedi 28 octobre 2023, Annecy, Villa « La Roseraie »

La moustache fournie, la barbe blanche et les bonnes joues du quinquagénaire lui donnaient des allures de Père Noël.

Il souleva de terre son plus jeune fils pour venir le jucher sur ses épaules, renvoya d'un coup de pied adroit son ballon de football à l'aîné et sourit à sa jeune épouse.

Dans la maison, leur personnel s'affairait à la préparation des bagages. Maillots, serviettes de bain, crème solaire, jeu de badminton, tout était déjà soigneusement rangé dans les valises. Ne restait plus qu'à charger dans la voiture son matériel informatique et ils seraient prêts à partir pour l'aéroport.

« Errrrwan ! l'appela sa moitié avec son délicieux accent slave.

- Oui, amour, répondit-il en se tournant vers le seuil de la maison.

- N'oublie pas nos passeports !

- Non, amour, ils sont dans ma sacoche. »

L'homme jeta un coup d'œil à sa montre connectée pour s'assurer qu'ils étaient dans les temps, satisfait de constater au passage qu'il avait déjà effectué 8654 pas depuis son réveil à 8h du matin. Il était 14h46.

« Allez ! Tout le monde en voiture, lança-t-il, son fils toujours perché sur ses épaules. Si nous ne voulons pas arriver en retard, il est temps de nous mettre en route !

Tatiana rejeta en arrière ses longs cheveux blonds avec un sourire espiègle :

- Nous ne sommes pas en retard, chéri. »

Erwan admira sa bouche pulpeuse aux lèvres d'un beau rouge vermillon. Il avait toujours trouvé son maquillage un peu outrancier, mais elle aimait se faire remarquer. Il l'admira quelques secondes, relevant son sens du détail. Elle portait une robe rouge assortie à ses escarpins, à sa bouche et à ses ongles peints. Ses yeux charbonnés aux paupières bleues clignaient sous le soleil automnal. Sa poitrine refaite, joliment galbée, débordait généreusement de son profond décolleté. Erwan détourna le regard, le temps de reposer son fils sur la terre ferme. Il surprit son chauffeur en train de reluquer les courbes de sa femme à la dérobée, ce qui eut plus tendance à l'amuser qu'à l'agacer. Sous la veste boutonnée impeccablement repassée de son employé, Erwan devinait l'étui de son arme de poing, qui formait une légère bosse sous le tissu gris.

« Bertrand, s'il-vous-plaît… », lança-t-il d'une voix ferme.

L'homme en uniforme, qui s'aperçut soudain que son patron le regardait, se mit à rougir, mais Erwan se contenta de lui désigner la voiture d'un signe du menton.

« Oui, monsieur », répondit l'employé avec empressement, avant d'aller ouvrir la portière de la limousine pour permettre à la famille de prendre place sur la banquette en cuir brun.

Erwan monta à la suite de sa femme et de ses deux enfants. Non, ils n'étaient pas en retard, mais en cette période de vacances, il risquait d'y avoir du monde sur la route.

Ils avaient rendez-vous à l'aéroport à 16h30.

II

Dimanche 29 octobre 2023, Grenoble, aéroport privé.

La bombe avait explosé sur le tarmac de la piste B2 à 17h01. Placée sous un avion de tourisme prêt à décoller, elle avait pulvérisé l'alliage de la carcasse en même temps que les huit passagers qu'elle abritait. Le Docteur Simon, son épouse, leurs deux enfants, leur gouvernante, leur garde du corps et les deux pilotes étaient morts sur le coup.

Rodolphe s'accroupit parmi les débris. Gants en latex descendus jusque sur les poignets et sacs en plastique à la main, il était à la recherche d'un composant métallique bien précis. La pièce qu'il convoitait était minuscule : « autant chercher une aiguille dans un hectare de foin », se dit-il non sans humour.

Il n'avait pourtant pas envie de plaisanter. Puisque

la DGSA avait échoué à protéger le matériel humain de l'Institut, il lui appartenait à présent de sauver le matériel technologique.

« Marre de toujours passer derrière ces incompétents », grommela-t-il tandis qu'il ramassait une basket de garçon taille 7 ans, la boule au ventre.

Il avait beau avoir l'habitude des missions *dégueulasses*, la présence de jeunes victimes sur une scène de crime lui retournait toujours l'estomac. Le sang, les tripes, les corps carbonisés, les morceaux de mâchoire ou de cervelle, tout ça ne l'émouvait plus guère depuis longtemps lorsqu'il s'agissait d'adultes. Mais les enfants, c'était autre chose. Un peu comme les animaux de compagnie qu'il retrouvait parfois massacrés aux côtés de leurs propriétaires, les enfants n'étaient que des créatures innocentes.

« Aucun enfant, ni aucun animal ne mérite d'être tué. », pensa-t-il.

D'ailleurs, Rodolphe était végétarien. Un peu découragé, il balaya le tarmac du regard. Les débris de corps et d'appareil déchiquetés s'éparpillaient sur plusieurs centaines de mètres à la ronde. Il aurait eu besoin de l'aide d'au moins dix personnes pour passer au peigne fin toute la zone d'ici la fin de la journée, mais il ne pouvait pas en demander. Pour des raisons de discrétion évidentes, lui seul devait être présent sur les lieux du crime. Il avait conscience qu'il cherchait peut-être pour rien, que quelqu'un d'autre l'avait possiblement devancé, mais dans tous les cas, il se devait de faire son maximum. Si le matériel était quelque part autour de lui, il devait absolument le retrouver. S'il avait été emporté par une autre personne, c'est cette personne qu'il devait retrouver. Et vite. Très vite.

La poche de son blouson se mit à vibrer.

« Allô ? fit-il après avoir accepté l'appel.

-   Comment ça se présente ?

-   Du beau travail, murmura-t-il, pensif. L'œuvre d'un artificier. Je doute de pouvoir récupérer quelque matériau exploitable.

-   Une bombe incendiaire ?

Rodolphe haussa les épaules avec une moue résignée, bien que son interlocuteur ne puisse le voir :

-   Non, mais l'architecture du détonateur comprenait un dispositif de commande à distance. Et au vu des dégâts, j'estimerais la puissance de l'engin à environ 10 kilotonnes.

-   Récupérez de l'ADN. Des dents, des échantillons sanguins, de la peau, des cheveux, tout ce que vous pourrez rassembler.

-    C'est ce que je suis en train de faire. »

III

Mardi 31 octobre 2023, Col de la Sestrière, Alpes de Haute-Provence.

Fred posa son sac à dos sur la table et en sortit trois boîtes de raviolis, un brownie industriel format familial et une bonbonne d'eau minérale. Elle n'avait plus beaucoup de temps, elle le savait. D'ici 48h, 72h au plus tard, ils seraient sur sa trace. Elle ne pouvait pas prendre le risque de retourner à l'appartement, ni de contacter Justine d'une manière ou d'une autre.

De toute façon, mieux valait pour la sécurité de tous que cette dernière ne soit au courant de rien. Justine était en dehors du coup et l'avait toujours été. C'était un alibi, rien d'autre.

Elle regarda sa montre, alluma sa lampe torche et emprunta le tunnel en sens inverse. Arrivée au bas du sas, elle grimpa sur l'échelle métallique, repoussa la plaque en fonte et se retrouva à l'air libre. Elle s'assura d'un coup d'œil circulaire que l'endroit était désert, remit en place le couvercle rouillé, enclencha le dispositif de verrouillage externe, puis dissimula le tout sous un tapis de végétation avant de descendre la pente rocheuse en direction de la route. Elle avait découvert l'existence de ce bunker aménagé par hasard, alors qu'elle surveillait les déplacements du Docteur Simon. La balise GPS miniature qu'elle avait cachée à son insu dans la doublure de sa sacoche arrêtait régulièrement d'émettre au beau milieu d'une zone inhabitée pendant une à plusieurs heures, puis le signal réapparaissait soudain sur l'écran, exactement au même endroit.

Elle avait épluché toutes les cartes de la région, exploité toutes les vues satellites, mais n'avait pas trouvé la moindre infrastructure, ni le moindre relief inhabituel : aucune cabane de berger, aucun puits, aucune chapelle, aucun cairn, aucun bassin, aucun observatoire, rien. La toute première fois que le signal avait disparu de son écran, elle avait d'abord cru à une défaillance technique. La seconde, elle s'était demandé si le principal intéressé n'avait pas découvert son mouchard. Mais la troisième avait eu raison de sa prudence naturelle et, cédant à la curiosité, elle s'était décidée à faire le déplacement. Quand elle avait fini par découvrir l'entrée du sous-terrain en pleine montagne, elle avait immédiatement compris pourquoi le radar cessait de fonctionner à cet endroit précis : sous terre, le signal ne passait pas.

A l'aéroport, elle avait récupéré les implants, la carte SD, le badge d'accès au laboratoire, la clef magnétique du bunker et, bien évidemment, le traceur dissimulé dans le sac du chercheur. Elle avait dissout les implants et la carte dans de l'acide, était retournée explorer le bunker pour s'assurer qu'il ne recelait aucun piège, puis y avait constitué des stocks de boisson et de nourriture, déposé quelques livres pour enfants, une peluche, des couvertures et des vêtements propres. Le Docteur Simon disparu, elle était désormais la seule à connaître l'existence de ce refuge sous-terrain, mais pour combien de temps ? Elle pressa le pas vers la route. Chaussures de trekking aux pieds, pantalon kaki, sweat beige et sac à dos sur les épaules, elle ressemblait à une randonneuse lambda. Cette tenue lui permettait d'inspirer confiance aux automobilistes et aux routiers qui empruntaient la route du col tandis elle levait le pouce sur le bas-côté. Elle ne pouvait pas prendre le risque d'utiliser sa propre voiture, ni les transports en commun, dans lesquels elle aurait été trop facilement repérable. La meilleure façon de se déplacer incognito restait l'auto-stop, d'autant que Frédérique, la petite trentaine et plutôt avenante, n'avait aucun mal à convaincre les conducteurs de lui venir en aide. Dans son sac en toile, elle transportait pourtant de quoi détruire plusieurs millions d'euros de recherche et quelques vies humaines. Tuer des gens n'était pas son objectif premier, évidemment, mais les dégâts collatéraux étaient inévitables.

Elle monta dans l'Opel Corsa qui venait de s'arrêter à sa hauteur, sourit à l'automobiliste – un vieil homme en t-shirt Décathlon et short de marathonien – claqua la portière côté passager et boucla sa ceinture de sécurité.

« Où allez-vous ? demanda le conducteur.

-   Où vous voudrez bien me déposer, répondit-elle poliment.

-   Bigre, ce n'est pas très précis ! N'avez-vous pas une direction à me donner, à défaut d'une destination ?

-   En réalité, je descends vers l'est, mais si vous me déposez à proximité d'une nationale ou d'une autoroute, vous m'aurez déjà fait gagner un temps précieux. »

L'homme au look de septuagénaire sportif lui posa plusieurs questions sur sa vie personnelle. Il lui demanda d'où elle était originaire, ce qu'elle était venue faire dans les Hautes-Alpes, si elle avait de la famille dans le coin, si elle était mariée, si elle avait des enfants, si elle était venue pour des vacances… A l'évidence ravi d'avoir de la compagnie, il se montrait disert et courtois. Frédérique faisait de même, soucieuse de s'adapter à son interlocuteur. Elle le trouvait du reste assez sympathique.

Il lui rappelait un vieil oncle, hélas décédé, qui mettait un point d'honneur à faire chaque semaine ses 10km de vélo sur des routes de campagne. Ce dernier aimait à bavarder avec des inconnus, leur dévoilant ses coins à champignons, ses sites de pêche à la mouche et ses bonnes adresses : hôtels, restaurants, bars, artisans et sites naturels.

IV

Jeudi 2 novembre 2023, Annecy, Villa « La Roseraie »

Appelés sur place par le gardien, les pompiers n'avaient rien pu faire. D'après les premières constatations, l'incendie était d'origine criminelle. Deux départs de feu avaient été identifiés, un dans le bureau au rez-de-chaussée et un autre dans la chambre conjugale. Malgré la projection massive de neige carbonique au-dessus des flammes, l'habitation avait brûlé pendant plus de deux heures, jusqu'à l'effondrement complet de la structure. Une odeur de combustible flottait encore dans l'air pollué par les fumées longtemps après l'extinction du brasier.

L'incendie n'avait pas fait de victimes et pour causes… La famille qui habitait habituellement la maison était décédée dans un accident d'avion au décollage deux jours plus tôt.

Très vite, un officier de police judiciaire avait été dépêché sur les lieux, avant d'être dessaisi de l'enquête par un appel interne de la Direction Nationale des Services de Paris.

Les médias régionaux furent tenus à l'écart de l'affaire par plusieurs centaines de mètres de rubalise autour des ruines de la propriété, une dizaine de gardes armés dont la mission était d'éloigner les curieux et quelques coups de fil aux grands patrons de presse.

L'ex employé des Simon, qui avait prévenu les pompiers, reçut une coquette somme d'argent en échange de sa discrétion. Il ne fut convoqué ni par la police, ni par la gendarmerie, et personne ne vint même recueillir son témoignage.

V

Mercredi 8 novembre 2023, Marseille, Institut de Recherche Stratégique de l'Ecole Militaire.

L'isolation phonique, visuelle et thermique de la salle blanche était si efficace qu'une semaine entière s'était déjà écoulée quand la supercherie fut dévoilée : le flux vidéo du système de télésurveillance avait été remplacé par un enregistrement et sur l'écran de contrôle tournait en boucle les images d'un couloir perpétuellement vide.

C'était le technicien de laboratoire en charge du contrôle des protocoles d'hygiène et de sécurité qui avait donné l'alerte. Le code d'accès aux locaux qu'il utilisait était réinitialisé par générateur chaque lundi matin. Ce jour-là, comme à son habitude, il prévint le responsable de la sécurité de sa visite et s'arrêta face à la caméra B12 pour présenter son laisser-passer. Bien sûr, le chef de poste ne le vit pas, puisqu'il n'avait sous les yeux, depuis plusieurs jours déjà, qu'un couloir désert. Le technicien attendit quelques secondes de voir clignoter en bleu la diode au-dessus de la porte du laboratoire, mais la lumière restait au rouge fixe. Or, tant que le gestionnaire du *Video Management System* ne lui délivrait pas l'autorisation d'accès, le clavier de saisie du mot de passe restait verrouillé. Il rapprocha son laisser-passer de l'œil de la caméra, agacé de devoir attendre, puis jura pour lui-même :

« Que fabriquait ce gros lourdaud de la sécurité ?! », se demanda-t-il.

Il l'avait pourtant prévenu de son heure d'arrivée. Se pourrait-il qu'au lieu d'être à son poste, il soit en train de siroter un café en salle de pause ? Si tel était le cas, il s'agissait d'une violation manifeste des règles de sécurité du département et il entendrait parler du pays !

L'homme en blouse blanche agita une nouvelle fois son badge plastifié devant le capteur, mais la lumière demeurait obstinément rouge. Il se décida alors à rebrousser chemin pour se rendre au bureau de la sécurité. Il prit l'ascenseur en maugréant, sa charlotte encore sur la tête. Arrivé devant le local de télésurveillance, il cogna à la porte du dos de l'index et une voix masculine l'invita à entrer. Le technicien pénétra dans le bureau et posa sur le superviseur assis derrière sa console un regard légèrement troublé.

« Où étiez-vous passé ? demanda-t-il.

- Comment ça ? lui répondit l'homme en battant des paupières.
- Ça fait cinq minutes que je présente mon pass à la caméra et le signal reste au rouge. Avez-vous constaté une défaillance de la commande ?
- Quand vous êtes-vous rendu au laboratoire, exactement ?
- Mais là, à l'instant ! s'emporta le laborantin. Enfin, il y a cinq minutes, du coup.
- Je n'ai pas bougé d'ici depuis plus de deux heures et je n'ai vu personne.
- Si vous n'avez pas bougé d'ici, vous n'aviez certainement pas les yeux sur vos écrans, alors !
- Monsieur, je vous assure que je n'ai pas quitté mes écrans des yeux depuis votre appel, puisque j'attendais votre arrivée.

Les deux hommes scrutèrent en silence les images vidéo.

« Essayez de déverrouiller l'accès, s'il-vous-plaît », demanda le technicien, yeux plissés.

Le gardien s'exécuta, mais sur l'écran de la caméra B12, la diode au-dessus du sas d'entrée n'eut pas le moindre frémissement.

« Il faut avertir la maintenance, fit le technicien d'une voix tendue.

- Attendez un peu… La désactivation du verrou numérique semble avoir fonctionné.
- Vous voyez bien que le témoin lumineux ne s'allume pas.
- Pouvez-vous descendre au laboratoire et essayer de rentrer le code ?
- Redescendre.
- Pardon ? demanda le chef de poste en se tournant vers lui.
- Re-descendre, répéta le technicien avec humeur. J'y suis déjà descendu il y a dix minutes, maintenant. »

L'homme en blouse blanche reprit l'ascenseur en sens inverse et se présenta à nouveau devant la porte du laboratoire. La lumière était enfin bleue. Il entra son code d'accès temporaire et la porte se déverrouilla, mais son soulagement fut de courte durée. Il pénétra dans le sas de sécurité, enfila une paire de gants stériles et accéda enfin à la salle blanche… Enfin, ce qu'il en restait… Une odeur d'ammoniaque agressa ses narines avant même que ses yeux ne se posent sur les éclats de verre, les éprouvettes renversées, les parois noircies par la combustion des machines et les composants électroniques rongés par l'acide. Les yeux agrandis par la peur, il quitta précipitamment le local et remonta au bureau de la sécurité par les escaliers.

Essoufflé, il retira ses gants et sa charlotte d'un geste nerveux, face à un gardien perplexe.

« Vous y êtes allé ? lui demanda ce dernier.

- Bien sûr que j'y suis allé ! cria le technicien. Vous ne m'avez pas vu sur vos vidéos ?

L'opérateur se tourna vers sa console d'un air préoccupé :

- Que se passe-t-il, à la fin ?
- Il y a eu une intrusion dans le labo, tout a été détruit !
- Vous avez réussi à entrer ?
- Oui, c'est ce que je suis en train de vous dire ! La salle de recherche a été vandalisée ! ».

Le gardien blêmit. En une fraction de seconde, il se vit au chômage, avec la pension alimentaire du petit dernier à verser et son ex-épouse qui le traiterait de bon à rien.

Il pianota sur les touches de l'ilot central, vérifia les systèmes CCTV de l'ensemble du bâtiment, lança la collecte des flux… lança la collecte des flux… lança… Bon sang ! Ça ne répondait pas !

Il enfonça frénétiquement la touche « on » pour visionner la dernière sauvegarde de la caméra B12, mais le message « Bad command » revenait sans cesse sur son écran. C'est à ce moment précis qu'il comprit, hagard, que le système avait été infiltré.

VI

Jeudi 9 novembre 2023, Marseille, Institut de Recherche Stratégique de l'Ecole Militaire.

Dans la salle de réunion, les visages étaient graves.

« Vous croyez que c'est elle ? demanda Louvier, incrédule.

- Major, répondit Rodolphe, j'ai beau étudier la situation sous tous les angles, je ne vois aucune autre personne susceptible d'accéder au laboratoire au cœur même de l'Institut sans se faire intercepter. Même moi, même vous, même le Haut Commandement n'a aucune autorisation d'accès à ce quartier. Seul le Docteur Simon disposait d'un badge à empreinte magnétique, or ce dernier n'a pas pu être récupéré sur les lieux de l'attentat et Weiss reste introuvable depuis.

- Elle a très bien pu être enlevée par celui qui a assassiné le Docteur Simon.

Rodolphe secoua la tête :

- D'après l'enquête interne, elle s'était opposée aux tests in vivo. Elle avait même saisi le comité d'éthique. J'ajoute qu'elle seule connaissait l'emplacement des caméras. Elle seule savait comment neutraliser le système de sécurité du laboratoire.
- Mais elle ne pouvait pas y entrer seule, n'est-ce pas ?
- Exact : pour déverrouiller la porte, il fallait le badge du Docteur Simon et leurs deux empreintes biométriques respectives.
- Mais comment aurait-elle pu avoir l'empreinte digitale du Docteur puisqu'il était déjà mort lorsque le laboratoire a été incendié ?
- Le pouce.
- Le pouce ? répéta Louvier sans comprendre.
- Parmi les morceaux de corps récupérés sur le tarmac, le pouce gauche du Dr Simon était manquant.

Le Major marqua un temps d'arrêt, puis écarquilla les yeux.

Weiss a également vidé son compte en banque

le matin même de l'attentat, reprit Rodolphe. Nous avons pu visionner les images de vidéosurveillance de son agence bancaire : elle s'est présentée au guichet à 8h46, elle est repartie à 9h23 et elle n'était pas accompagnée. Dernier point, non négligeable : connaissez-vous beaucoup de gens capables de fabriquer des bombes télécommandables d'une telle puissance, à part un professionnel de l'armement ?

Milan, qui jusque-là ne s'était pas manifesté, s'agaça soudain et sortit les mains de ses poches pour les agiter sous leur nez :

-   Au risque de passer pour misogyne, il est scientifiquement établi que les femmes sont plus instables que les hommes, c'est une question d'hormones. Quand vous arrêterez de mettre des gonzesses sur des projets sensibles, vous aurez réglé une bonne partie de vos problèmes, moi je vous le dis !

-   Elle est Asperger, répondit Louvier d'un ton froid.

Milan plissa les yeux :

-   Qu'est-ce que ça change ?

-   Les autistes Asperger, reprit Rodolphe, ne

sont pas sensibles à la contagion émotionnelle. Ils ont une capacité hors normes à s'impliquer dans une tâche donnée indépendamment des stimulations de leur environnement. C'est une des raisons de son recrutement par l'Institut. En plus d'avoir un esprit brillant, elle a la rigueur d'un programme informatique parfaitement codé que rien ne peut corrompre.

-   Ouais, eh bien malgré vos belles théories, on dirait bien que votre petit joujou vous a échappé.

-   C'est vrai, admit Rodolphe, le front soucieux. Sa détermination et son manque d'empathie la rendent d'autant plus dangereuse que nous ignorons tout du but qu'elle poursuit. Or si ses compétences venaient à tomber entre de mauvaises mains, cela pourrait constituer une sérieuse menace, non seulement pour notre pays, mais pour l'équilibre géopolitique mondial.

-   Sans rire, ironisa Milan. Heureusement que rien ne peut corrompre son esprit, hein ? Sinon vous seriez dans une belle panade.

-   Vous ne pouvez pas comprendre, s'agaça Rodolphe, piqué au vif. Vous devriez déjà être à sa recherche. Votre rôle est de la retrouver dès maintenant et de la ramener vivante à la Base. Elle est précieuse *vivante* et cette mission est une priorité absolue, vous comprenez ? Si elle meurt, si elle décide de mettre ses connaissances à disposition d'une organisation étrangère ou d'un état ennemi, ou même s'il lui prend l'envie de parler à la presse, nous sommes tous foutus ! Tous ! Vous comprenez, Milan ?

Milan hocha la tête avec un grognement sourd, porta d'un geste machinal sa main à son arme et sortit du bureau.

-   Milan ! le rappela Louvier.

L'homme en tenue de soldat se retourna :

Vivante, mais peu importe par quels moyens et dans quelles conditions, vous avez carte blanche. Le tout est qu'elle soit en état de parler. Vous m'avez bien compris ?

-   Oui, Major, répondit Milan avec un sourire presque irrespectueux. Amochée s'il le faut, mais vivante et en état de parler. Ne vous en faites pas pour ça, je n'ai pas pour habitude de manger les consignes.

Une fois Milan disparu, Louvier se tourna vers

Rodolphe :

- Que compte-elle faire, à votre avis ?

- Je n'en ai pas la moindre idée, mais il ne faut pas la laisser nous échapper. Des années de recherche pour créer l'arme tactique la plus développée de la planète viennent d'être réduites à néant en l'espace de trois jours, se désola-t-il. Nous devons parvenir à récupérer les données techniques en sa possession et confier la reprise du programme à un autre expert en armement. Il en va de la sécurité de la Nation. Et de la nôtre, accessoirement. Si Milan ne nous la ramène pas avant que les informations ne fuitent, je ne donne pas cher de notre peau.

- Vous croyez être assez persuasif pour convaincre Weiss de collaborer à nouveau avec nos équipes ?

Rodolphe eut un haussement d'épaules désinvolte :

- Non, mais d'une manière ou d'une autre, nous la convaincrons de nous confier les informations qu'elle détient. Ensuite, nous n'aurons plus besoin d'elle.

- Elle vit en couple avec une femme, me semble-t-il ?

- Oui, confirma Rodolphe. Nous sommes déjà allés chercher cette dernière et les Renseignements sont en train de l'interroger en ce moment même, mais il est très peu probable qu'elle sache quoi que ce soit. Au mieux, elle nous servira de moyen de pression. »

Louvier approuva, songeur.

Décidément, Rodolphe était un gars intelligent, discret et réactif. Il ne regrettait pas de l'avoir promu à son service en tant que Directeur adjoint.

Pourtant à la tête de l'IRSEM depuis six longues années, jamais le Major Louvier n'avait eu à gérer une crise aussi importante et dans pareille situation, mieux valait être bien entouré.

VII

Lundi 13 novembre 2023, aire d'autoroute d'Avignon Sud.

Milan raccrocha son téléphone, l'humeur maussade. Cette mission était une véritable chienlit. La petite amie de Weiss n'avait aucune idée d'où elle était, ainsi qu'il s'y attendait. La fille était même persuadée que Weiss était prof de fitness, coach sportif ou une connerie du genre. De toute façon, après la première baffe, il n'y avait plus rien eu à en tirer. Elle s'était mise à sangloter hystériquement en leur demandant en boucle qui ils étaient et ce qu'ils voulaient. Ils n'avaient rien de mieux à faire que de la garder au chaud, pour l'instant. Elle leur servirait peut-être une fois qu'ils auraient mis la main sur Weiss, ce qui s'avérait être une tâche plus compliquée que prévue.

Milan avait essayé de retracer ses déplacements depuis l'agence bancaire dont elle était sortie le 29 octobre au matin, mais tout ce qu'il avait découvert, c'était sa voiture vide, impeccablement nettoyée, abandonnée sur un parking de station-service à une dizaine de kilomètres de là. Le véhicule était dans l'angle mort des caméras de sécurité, il n'y avait aucun indice autour, aucun vêtement, aucun emballage sur ou sous les sièges, aucune facture, pas le moindre papier dans la boîte à gants ou les portières, pas le moindre *poil de cul* dans le coffre, pensa-t-il avec irritation.

Milan, contrarié, commençait à comprendre que sa proie n'était pas une proie ordinaire.

Il avait questionné le caissier de la boutique, qui ne se souvenait pas avoir vu la fille, mais « *en même temps, vous savez, ça défile, ici, je ne peux pas me souvenir de tous les clients que je sers* ».

Milan avait exploré les environs : pas de gare, pas d'arrêt de bus, pas de stations de taxi, de tramway ou d'aérodrome à proximité. A partir de ce constat, il n'y avait que trois solutions : soit la fille était partie à pied (peu plausible, au vu de ce qu'elle transportait, mais pas impossible non plus), soit elle avait appelé quelqu'un pour venir la chercher (une compagnie de taxi, un VTC, un ami, auquel cas il retrouverait facilement le numéro de téléphone), soit elle était montée à bord d'un des camions qui transitaient par cette aire d'autoroute (il y en avait toute une ribambelle garée face à lui).

Sans perdre de temps, il appela ses collègues de la DGSA afin de demander la géolocalisation du portable de Weiss et la transmission des *fadettes* de son opérateur, mais il tomba sur un os : ses deux téléphones, privé et professionnel, n'avaient plus borné depuis le 15 octobre, soit près d'un mois en arrière. Et la dernière localisation enregistrée était… à son domicile. Milan tapa du poing sur le capot de son Audi noire. A l'évidence, la fille avait organisé sa fuite depuis un bon moment et ça lui conférait une sacrée longueur d'avance. Elle semblait s'être évaporée dans la nature. Sans se décourager, il entreprit de relever les immatriculations de tous les poids-lourds qui étaient actuellement sur place dans l'idée de contacter les sociétés de transport pour lesquelles ils roulaient. Interroger les gérants sur les plannings de leurs chauffeurs afin d'identifier ceux présents dans le secteur le 30 octobre restait sa meilleure option. Peut-être l'un d'eux se souviendrait-il avoir pris une fille en stop. Si elle était montée à bord du véhicule d'un particulier, en revanche, sa stratégie était vouée à l'échec. Il regarda une Golf GTX noire redémarrer devant les pompes à essence d'un air pensif.

« T'inquiète pas, ma cocotte, dit-il entre ses dents, je vais te retrouver, même si je dois lâcher tous les chiens de l'Enfer à tes trousses… »

Il remonta dans son Audi, chaussa ses Ray-Ban sur son nez, ajusta le col de sa chemise blanche et se sourit dans le rétroviseur : après tout, il aimait les défis.

« Que les jeux commencent ! », dit-il d'un ton joyeux alors qu'il tournait la clef de contact.

VIII

Mercredi 22 novembre 2023, Col de la Sestrière, Alpes de Haute-Provence.

Frédérique avait engrangé suffisamment de provisions dans le bunker pour tenir trois mois sans avoir à en sortir, le temps de se faire oublier et d'organiser son départ pour l'étranger. Mais pour l'heure, elle avait encore beaucoup de choses à faire à l'extérieur.

Elle déposa ses achats en vrac sur la table : paquets de crackers, biscuits sucrés, pain d'épice en tranches, tablettes de chocolat, céréales pour petit-déjeuner, fruits secs, briquettes individuelles de jus d'orange et sachets de bonbons chimiques. Puis elle vérifia pour la seconde fois le contenu de son sac. Détonateur, masque de protection, clef USB, jumelles de vision nocturne, gants jetables, vêtements de rechange : il ne lui manquait rien.

Elle avait pensé modifier son apparence, au moins sa couleur de cheveux, mais *ils* s'attendaient probablement à ce qu'elle le fasse. Le mieux était encore de limiter ses déplacements de jour, de nouer ses cheveux de différentes manières à chaque apparition dans l'espace public et de porter des vêtements couvrants, ce qui, en plein hiver, n'attirait l'attention de personne. Sa meilleure arme, hormis sa maîtrise des nouvelles technologies, restait la discrétion.

Elle avait calculé que dans le meilleur des cas, rejoindre sa destination en autostop lui prendrait trois jours complets, d'autant qu'elle comptait emprunter le réseau secondaire, moins surveillé que les grands axes. Ensuite, si tout se déroulait sans accroc, elle progresserait vers le nord avant de rebrousser chemin par des circuits dérivés.

Elle espérait être de retour à l'abri au moins deux semaines avant Noël. Elle y resterait dissimulée pendant un mois… deux mois… trois mois s'il le fallait, jusqu'à ce qu'on la croit morte ou envolée à l'étranger. Alors elle pourrait sortir et organiser son départ du territoire dans un climat moins tendu que la situation actuelle.

Elle regarda d'un mouvement machinal le cadran de la montre à son poignet. Sous terre, cette dernière était son seul lien avec la mesure officielle du temps : elle lui indiquait l'heure, les minutes, les secondes, mais aussi la date exacte. 22 novembre 2023, 22h39 et 26 secondes. La savaient-*ils* déjà responsable de l'attentat qui avait coûté la vie à la famille Simon ou la considéraient-ils encore comme une victime ?

Dans les deux cas, elle était sans nul doute activement recherchée par les autorités. Ne pouvant compter sur aucun appui extérieur, elle devait redoubler de prudence.

IX

Lundi 27 novembre 2023, Paris, La Défense.

Assise sur un banc, elle alluma une cigarette et attendit. Une explosion retentit, mais elle ne sursauta pas.

Une colonne de fumée s'éleva d'un des bâtiments du campus, à une centaine de mètres de là. Moins de deux minutes plus tard, l'évacuation commença dans la panique la plus totale.

Tandis que personnel et étudiants s'échappaient en courant, elle se leva, sac à dos sur l'épaule et se dirigea vers le lieu de l'explosion. Les grilles avaient été ouvertes pour laisser passer les secours; elle en profita pour rentrer, sortit de son sac un masque à gaz, l'ajusta sur son visage et avança à travers la fumée opaque.

Il lui fallut peu de temps pour atteindre le service

du Ministère des Armées, forcer les portes de sécurité à l'aide de charges explosives et accéder au matériel numérique qui l'intéressait. Elle mit une minute et trente secondes pour hacker le système, ce qui était le double du temps qu'elle s'était initialement donné, mais elle ne pouvait pas s'arrêter maintenant. Ses yeux faisaient des allers-retours constants entre le cadran de sa montre et l'écran de son PC, tandis que les lignes de codes blanches défilaient à une vitesse vertigineuse sur le fond noir.

Fred décryptait les informations à la même vitesse qu'elles apparaissaient sous ses yeux. Elle n'en trouva aucune qu'elle ne détenait pas déjà, mais elle n'était pas venue pour ça. Conformément à son plan, elle introduisit un cheval de Troie dans les programmes du dossier Wotan, avant d'effacer ses traces et de quitter les lieux.

Le dispositif qu'elle avait utilisé pour faire évacuer le bâtiment six minutes plus tôt était un simple fumigène, mais le temps que les pompiers s'en rendent compte, elle serait déjà loin. Avec un peu de chance, son intrusion n'aurait même pas été remarquée.

Dissimulée derrière un mur, elle enleva son masque, le rangea dans son sac, rabattit sa capuche sur son visage puis franchit les grilles en sens inverse, au milieu de la foule des badauds et secouristes qui affluaient.

Le soir, dans sa chambre d'hôtel, elle regarda les informations. Aucune mention ne fut faite d'un incident au Cyber Campus de l'Agence Nationale de la Sécurité des Informations. Cela ne signifiait nullement que l'événement était considéré comme négligeable par les médias ou le Ministère des Armées, seulement que quelqu'un ne souhaitait pas ébruiter ce genre d'affaires.

Elle éteignit son poste de télévision, descendit à la réception, paya sa chambre en liquide et repartit dans la nuit, son bagage sur le dos, à travers les rues de la capitale.

X

Mercredi 29 novembre 2023, Rennes, quartier de la Courrouze.

Milan grogna lorsqu'il vit le nom s'afficher sur l'écran de son cellulaire.

Il décrocha sans parler.

« Mais qu'est-ce que vous fichez ?! beugla Louvier dans son téléphone. On ne vous demande pas d'arrêter un as du contre-espionnage ou un général de guerre, mais une chercheuse ! Une chercheuse de laboratoire, Milan ! Voilà trois semaines qu'elle se moque de nous et parcourt le territoire en touriste. Qu'est-ce que vous attendez pour nous la ramener, bon sang ?!!!!

-   Je suis sur le coup, Major, mais votre petit prodige est aussi habile à passer à travers les mailles du filet qu'une anguille.

- Ce n'est pas mon problème ! C'est vous le professionnel de la traque. Si encore elle se cachait ou avait quitté le pays, je comprendrais, mais elle agit sous votre nez ! La DPSD est très déçue de vos résultats, sachez-le. Deux attentats et quatre effractions dans des locaux protégés ! Elle a déjà détruit des milliers de données, sans parler des millions d'euros de dégâts sur les installations. Son petit tour de France des sites stratégiques du Ministère des Armées doit cesser ! Maintenant, vous m'entendez ?!

Milan, à l'autre bout du fil, retint un soupir :

- Oh oui, Major ! Je vous entends. C'est vous qui ne m'entendez pas. Vous l'avez recrutée pour son intelligence exceptionnelle, n'est-ce pas ? Félicitations, vous avez eu du flair : je vous confirme qu'elle est très douée pour s'introduire à peu près n'importe où et échapper à à peu près n'importe qui. Mais je ne suis pas n'importe qui. Je suis le meilleur des limiers et vous le savez, sinon vous ne m'auriez pas confié cette mission. J'ai des pistes très sérieuses, ce n'est plus qu'une question de jours, peut-être même d'heures.

Croyez-moi, je fais mon maximum et les choses avancent, mais cette fille est diablement plus difficile à coincer qu'un as du contre-espionnage ou un général de guerre.

- Je ne veux plus d'excuses, je veux des résultats !
- Vous les aurez. Ai-je une seule fois failli à une de mes missions ?
- La seule mission à laquelle vous ne devriez pas faillir, c'est celle-ci ! Ce seul et unique échec pourrait aussi être celui de toute votre carrière. Je veux un rapport toutes les heures, c'est bien compris ?
- Oui, Major », conclut Milan, qui préféra raccrocher avant de se montrer grossier avec le haut gradé.

Il fit un doigt d'honneur à son IPhone avant de le ranger dans la poche intérieure de son costume. Ce bureaucrate de Louvier, confit dans sa graisse, n'avait aucune carrure. Milan l'imaginait en train de s'agiter sur ses grosses fesses comme un gamin qui a fait dans sa culotte. Il haussa les épaules, mordit dans le burger qu'il venait d'acheter au comptoir d'un fast-food, piocha une ou deux frites qu'il enfourna par-dessus la première bouchée et fit passer le tout avec une rasade de cola sans sucre. La fille ne lui échapperait plus longtemps, il en était désormais persuadé. A force de recouper des témoignages, il avait pu retracer son circuit et comprendre ses déplacements. Elle ciblait en priorité les structures qui hébergeaient des serveurs informatiques ou des unités technologiques hautement surveillées. Il n'en restait plus beaucoup sur le territoire, tout était donc affaire de patience. Il avait placé ses indics un peu partout aux abords des villes concernées et se tenait prêt à décoller au premier signalement, ou même à la première rumeur. Il s'était déjà déplacé deux fois pour rien – une fausse alerte et un bon tuyau… mais arrivé 15mn trop tard – et il le referait autant de fois qu'il le faudrait, car il en faisait une affaire personnelle. Jamais personne ne lui avait résisté de la sorte. D'ailleurs il entendait bien demander à mener personnellement son interrogatoire une fois qu'il aurait mis la main dessus.

Il termina ses frites et son sandwich debout sur le trottoir, accoudé au toit de sa voiture, puis il ouvrit la portière conducteur, cala le verre de soda cartonné dans le porte-gobelet et se réinstalla derrière le volant.

Le temps était beau, l'air sec et vivifiant. Milan décida de ne pas allumer le chauffage. Il ne dormait pas beaucoup, ces derniers temps : le froid le maintiendrait éveillé.

« J'arrive, cocotte… dit-il à voix haute. A moins que ce ne soit toi qui viennes à ma rencontre, qui sait ? »

Il démarra, satisfait de lui-même. Alors qu'il remontait le boulevard, il descendit la vitre de son Audi noire pour laisser s'engouffrer le vent glacial dans l'habitacle. Cette partie de chasse exigeait d'avoir des nerfs d'acier, mais le gibier était exceptionnel.

Une main sur le volant, il but une gorgée de soda et leva son gobelet face au pare-brise :

« Pour la beauté du sport ! »

XI

Vendredi 1er décembre 2023, Base Opérationnelle de l'île-Longue, Crozon, Finistère.

L'espace de deux minutes et vingt-huit secondes, un vent de panique souffla sur La Direction des Services Informatiques de la base. La coupure électrique avait stoppé net toute la production d'ogives, fait tomber les systèmes de sécurité et interrompu toutes les connexions numériques. Inexplicablement, les onduleurs n'avaient pas détecté la panne et tous les techniciens de maintenance du site avaient été mobilisés en urgence absolue.

Milan, à cinq kilomètres de là, patientait dans sa voiture. Lorsque son téléphone sonna, il sut de quoi il retournait avant même d'avoir décroché. Il colla le smartphone à son oreille, écouta parler son interlocuteur et conclut par un simple « Je serai sur place dans moins de 3 minutes ».

La base opérationnelle de l'Ile-Longue était sans doute le site militaire le plus sécurisé de France. Milan avait prévenu le commandant de cette dernière du risque de cyber-attaque, voire d'une intrusion matérielle dans les locaux, mais ce dernier l'avait pris de haut. Tant pis pour lui. Ces crétins de La Marine étaient persuadés que leurs bâtiments étaient inviolables. Avec Weiss, ils s'étaient fourrés le doigt dans l'œil jusqu'au coude.

Milan, lui, connaissait la bête. Il ne voulait surtout pas la dissuader d'agir ou la conduire à modifier ses plans, bien au contraire. S'il l'avait laissée venir jusqu'ici, c'était pour la coincer. Et il était enfin tout proche de son objectif. Il passa la première, démarra en trombe, manqua renverser un piéton, klaxonna d'un geste rageur et roula à tombeau ouvert jusqu'au poteau électrique qui venait de tomber en pleine rue sur des véhicules en stationnement, heureusement sans faire de victime.

Milan se gara en double-file, claqua la portière derrière lui, regarda les câbles électriques qui gisaient sur la chaussée, puis fit un tour complet sur lui-même, les mains sur les hanches. Nez en l'air, il repéra quelques riverains à leurs fenêtres et décida d'aller les interroger. Il sonna à plusieurs portes, se présentant comme un policier en civil passé par hasard sur les lieux de l'incident. Une petite mamie aux cheveux bleus lui expliqua qu'elle n'avait rien vu, mais que son chat avait eu très peur. Il l'interrompit quand elle commença à lui expliquer que Minet ne mangeait que des croquettes vétérinaires parce qu'il était insuffisant rénal. Sur le palier voisin, il fut accueilli par une femme obèse en pantoufles et trois morveux surexcités. Les mioches, aux allures et aux voix de gorets, gravitaient autour de leur mère comme des satellites autour d'une énorme planète. Milan s'efforça de cacher le dégoût que lui inspirait cette scène, mais écourta rapidement l'entrevue. La bonne femme n'avait aucune information exploitable à lui communiquer et les gosses lui tapaient sur les nerfs. Il les entendait encore brailler dans la cage d'escalier alors qu'il atteignait le rez-de-chaussée pour quitter l'immeuble.

Une fois sur le trottoir, il s'aperçut qu'il pleuvait. Une équipe Enedis avait sécurisé la zone et s'affairait autour du pylône brisé. Il repéra un petit homme en ciré gris qui sautillait autour des ouvriers. Le petit homme leur parlait, mais ne semblait pas faire partie de leur équipe. Il semblait même les importuner, tandis qu'un technicien tentait de le repousser au-delà des barrières de sécurité dressées sur la zone. Milan s'approcha, intrigué par son manège.

« Police Nationale, affirma-t-il d'un ton net. Que se passe-t-il ?

- Je crois que ce monsieur a des choses à vous dire, répondit le technicien, visiblement soulagé par l'intervention de Milan.

- Oui ! s'exclama le petit homme. Il y a eu une explosion. Je suis sûr que c'est une tentative d'attentat ! »

Milan ravala un soupir. « Bravo, Sherlock ! », pensa-t-il avec cynisme.

« Avez-vous vu ou entendu quelque chose de suspect avant l'explosion ? demanda-t-il sans conviction.

- Hier au soir, vers 1h du matin, je sortais mon chien quand j'ai vu une voiture suspecte garée devant chez moi.

- En quoi vous a-t-elle paru suspecte ?

- Eh bien déjà, personne n'a ce modèle de véhicule dans la rue. C'était une Yaris noire.

- Ça aurait pu être une personne en visite chez un de vos voisins, le coupa Milan.

-   Attendez, je n'ai pas fini ! s'énerva le petit homme. Il y avait quelqu'un habillé tout en noir qui avait l'air de trifouiller quelque chose au niveau du poteau.

Milan, soudain intéressé, le saisit gentiment par le bras :

-   Allons discuter plus au calme, dit-il d'un ton bonhomme. Peut-être pouvons-nous nous installer dans votre appartement afin que je prenne votre déposition en détail ?
-   Bien sûr ! ».

L'homme vivait seul. Enfin, presque. Un chat et un petit chien à poils ras se précipitèrent dans les jambes de Milan à peine avait-il franchi la porte. Il se pencha vers l'avant, grattouilla poliment les deux têtes poilues et suivit son hôte le long du couloir.

Une fois installé au salon, il sortit un petit calepin, un stylo à pointe rétractable et son plus beau sourire :

« Merci pour votre citoyenneté, Monsieur… Monsieur ? demanda-t-il bien qu'il ait déjà lu le nom sur la sonnette.

-   Monsieur Picard. Fabien Picard.
-   Monsieur Picard, vous me disiez avoir vu quelqu'un rôder autour du poteau alors que

vous promeniez votre chien.

- C'est exact !
- Sauriez-vous me décrire cette personne ?
- Elle était habillée toute en noir avec un bonnet... pas très grande... mais pas petite non plus.
- Etait-ce un homme ou une femme ? le coupa Milan.
- Je ne saurais vous dire. Il n'y avait pas d'éclairage à ce niveau.
- Mais la silhouette, d'après vous, était plutôt masculine ou féminine ?
- Je ne saurais pas vous dire, les vêtements étaient très épais. L'individu portait un blouson rembourré, un bonnet, une écharpe et des gants.
- Vous êtes fin observateur, le flatta Milan. Rares sont les témoins de votre qualité.
- Merci, se rengorgea le petit homme. Quand l'individu a remarqué ma présence, il est reparti vers sa voiture en cachant son visage derrière l'écharpe. J'ai trouvé ça tellement étrange que j'ai relevé la plaque d'immatriculation.

L'œil de Milan frisa :

-   L'avez-vous notée ?

-   Evidemment ! »

Milan prit congé de son hôte après une dernière poignée de main sur le seuil de l'appartement. Il était aussi excité qu'un gosse devant son cadeau d'anniversaire, mais n'en laissa rien paraître.

Il regagna son Audi, s'enferma dans l'habitacle et dégaina son téléphone. Il donna à son interlocuteur la référence de la plaque et attendit. L'extrême tension de ses traits céda peu à peu la place à un sourire de squale. Elle avait utilisé un véhicule de location; c'était sa première erreur.

« Tic-tac, tic-tac… C'est bientôt l'heure des retrouvailles, ma jolie ».

Il passa un second coup de fil, puis décida de lever le camp. D'excellente humeur, il descendit sa vitre d'une dizaine de centimètres au moment de redémarrer :

« Bon courage, les gars ! », lança-t-il aux ouvriers qui s'affairaient toujours sur la chaussée.

Un des hommes le salua en retour d'un geste de la main.

XII

Samedi 2 décembre 2023, Marseille, Institut de Recherche Stratégique de l'Ecole Militaire.

Rodolphe avala un cachet de Maalox avec un peu d'eau plate. Sa salade de pois chiches à l'échalote lui restait sur l'estomac. Voilà qu'en plus d'être une meurtrière, la fugitive était devenue l'Ennemi numéro 1 de la Nation; une terroriste qui prenait pour cible les sites militaires stratégiques du pays. Pour qui travaillait-elle ? Les Russes ? Les Coréens ? Les Chinois ? Israël ? Mais Israël était un Etat allié ! L'Iran ? Il écarta cette dernière supposition d'un revers de main : au vu de ses origines, il y avait peu de chances qu'elle soit au service d'une nation islamique.

Quand tout serait terminé, elle serait jugée et condamnée pour haute trahison, mais en attendant, il risquait bien de servir de fusible. Son chef de service, le Major Louvier, était sur le grill. La fille était employée par son Ministère, il aurait fatalement des comptes à rendre. C'est d'ailleurs pour cette raison qu'il avait demandé à Rodolphe de régler cette affaire en interne. Dans son idée, rattraper une scientifique en fuite n'était l'histoire que de quelques heures : personne, en haut-lieu, n'en entendrait souffler mot. Seulement voilà, les heures étaient devenues des jours et les jours des semaines. Même Milan, le soi-disant expert du Renseignement, n'arrivait pas à mettre la main dessus. Tous les jours, il leur disait qu'il était sur le point de la retrouver et tous les jours, elle lui échappait. Ça en devenait ridicule.

Il n'avait aucune espèce de sympathie pour Milan, qui lui avait été imposé par son supérieur dans cette enquête. Savoir que son avenir professionnel dépendait des résultats – jusqu'ici nuls – de ce bellâtre arrogant le rendait furieux. Tout chez ce Milan l'exaspérait : sa grossièreté, sa ridicule barbichette bicolore, sa façon de marcher comme s'il avait dix kilos de viande entre les jambes, son sourire faux et ses petits yeux de fouine.

Rodolphe regarda vibrer sur son bureau son téléphone portable dual SIM. C'était un appel personnel. Il hésita, prit une longue inspiration et finit par décrocher :

« Bonjour, ma chérie.

- Bonjour, mon cœur. Tu n'oublies pas que nous dînons chez mes parents, ce soir ?

- Je n'avais pas oublié. Sais-tu ce que ta mère a prévu de nous servir en plat principal, pour que j'amène le vin ?

- Des lasagnes végétariennes.

- Entendu. Je passerai chez le caviste en sortant du travail. As-tu besoin d'autre chose ?

- A part de mon fiancé chéri, non. Tu me manques…

Rodolphe sourit naïvement à son téléphone :

- Tu me manques aussi, trésor. A ce soir ?

- Oui, à ce soir. Je t'aime.

- Je t'aime aussi. »

Il souriait encore après avoir raccroché.

Milan, Le Major, Weiss… Les trois noms rétrocédèrent au fond de son esprit. En l'espace de quelques minutes, ils étaient devenus secondaires. Après tout, Rodolphe avait une adorable compagne, des beaux-parents en or, un appartement confortable avec vue sur le port, de quoi rendre heureux n'importe quel homme. Quoi de plus essentiel ? S'il perdait son boulot ou finissait dans un placard, il irait travailler dans le privé, voilà tout.

« Des foutaises ! lui souffla une petite voix dans la tête. Tu crois vraiment à cette fable ? »
Rodolphe essaya de faire taire cette petite voix, mais elle insistait :

« Avec tout ce que tu sais, tu t'imagines sérieusement que le Ministère te laissera te racheter une conduite à l'extérieur ?

-   Va te faire foutre ! », lui répondit-il à haute et intelligible voix.

Mais il était inquiet. Il bascula son buste en avant et ralluma son ordinateur. Le dossier « W » était protégé par un mot de passe, qu'il saisit du bout des doigts. Il compulsa le dossier pour la seizième fois de la journée, à la recherche d'un détail qui lui aurait échappé. Si l'hypothèse de Milan était exacte, la fille devait être en chemin vers le CEA de Valduc. D'après son dernier rapport, un témoin l'avait aperçue la veille à proximité de l'Ile-Longue quelques heures avant la coupure de courant. La mauvaise nouvelle, c'est que le système informatique de la base avait été infiltré pendant les moins de deux minutes trente qu'avait duré l'incident, la bonne, c'était que Weiss agissait seule sur le terrain. Si elle avait des complices ou des commanditaires, c'était elle qui prenait tous les risques. D'accord, elle était intelligente - très intelligente, même - mais comment un professionnel du Renseignement comme Milan pouvait-il se laisser balader ainsi par une femme SEULE ? Lui, un expert en filature ??? Un néandertalien, oui ! Un de ces viandards persuadés que son cerveau saturé de graisses et de protéines animales faisait de lui un être supérieur !

Une bouffée de haine fit rougir ses joues. Bien qu'il ne voulût pas l'avouer, Rodolphe était vexé par la décision de Louvier. Comment son patron avait-il osé lui adjoindre un tel rustre pour le seconder sur l'enquête ? D'accord, Milan avait l'expérience du terrain, mais il n'avait pas plus de cervelle qu'un chien de chasse, tout juste capable de suivre une trace de sang à l'odeur, quitte à s'empéguer dans des ronces, dégringoler au bas d'un ravin ou se faire percuter par une voiture au beau milieu d'une autoroute, la truffe bêtement collée au sol.

XIII

Mercredi 6 décembre 2023, Dijon, Parking couvert Clémenceau.

Le site du Commissariat à l'Energie Atomique de Valduc n'avait pas subi d'attaque d'une telle ampleur depuis son inauguration en 2015.

Dans le silence nocturne, le bruit de tonnerre du béton qui éclate avait réveillé les résidents des communes voisines. L'onde de choc s'était propagée sur plusieurs kilomètres à la ronde et une odeur âcre de plastique fondu se répandait peu à peu dans l'atmosphère. Les composants électroniques du département *Deeptech* brûlaient en une épaisse fumée noire.

Fort heureusement, le bâtiment 120 avait été épargné par l'explosion mais pour l'heure, les autorités l'ignoraient. L'alerte aux populations fut déclenchée en urgence pour inciter les gens à se confiner chez eux. Le téléphone du Haut-Commissaire à l'Energie Atomique, puis du Ministre de l'Intérieur se mit à sonner avec fébrilité.

Bientôt, la lumière se fit à tous les étages de Matignon et du Palais de l'Elysée. Au beau milieu de la nuit, une cellule de crise fut réunie au plus haut sommet de l'Etat. Si le matériel nucléaire avait été endommagé, alors plusieurs centaines de mètres cubes de plutonium, d'uranium et de tritium étaient en train de se répandre à l'air libre, faisant courir un risque mortel à des milliers, voire des millions de personnes.

Le visage partiellement éclairé par le reflet orange des flammes dans le lointain, une femme marchait seule au milieu du trottoir, indifférente à la sirène lancinante qui retentissait en boucle par les haut-parleurs de la ville.

Le parking Clémenceau était en vue.

Elle emprunta les escaliers de secours à contresens pour descendre au niveau -2, où était stationné son véhicule de location.

Avant de pousser la porte coupe-feu, elle s'arrêta quelques secondes, main sur le panneau en acier. Elle tendit l'oreille, aux aguets, avant d'entrouvrir le battant pour jeter un coup d'œil à l'étage. Le parking sous-terrain semblait désert. Elle s'engagea alors à découvert, ses pas résonnant dans le silence. Il était trois heures du matin.

« Frédérique Weiss ? »

Fred ferma les yeux et se mordit la lèvre inférieure. Elle redoutait ce moment depuis la seconde où elle avait pris la décision de détruire le programme-phare de l'Institut.

« Lève les mimines bien haut au-dessus de ta tête et ne bouge surtout pas d'un pouce.

Elle prit une brève inspiration :

-   Je lève les mains ou je ne bouge pas ?

-   Tu as de l'humour, à ce que je vois... »

La voix était métallique et carnassière. Fred leva lentement les bras, mains ouvertes.

« Face contre le mur.

Elle s'exécuta.

Jambes écartées pour une palpation, ma belle, tu connais la chanson. Depuis le temps que tu me fais courir, je n'ai plus beaucoup de patience, alors ne m'oblige pas à tout te dire.

-   Qui avez-vous dit que vous cherchiez, déjà ?

    tenta-Fred dans un dernier coup de poker.

-   Ne te fatigue pas », ricana l'homme en posant ses mains sur elle pour commencer la fouille.

Elle se laissa faire, le sentit ramener ses mains dans son dos et grimaça lorsque des liens cisaillèrent brutalement ses poignets. Cet enfoiré n'avait pas utilisé de menottes, mais des Serre Flex, pensa-t-elle. Il l'attrapa par un bras et l'entraîna vers son propre véhicule sans ménagement. Elle trébucha et se cogna contre la carrosserie.

« Au fait, je m'appelle Milan, dit Milan. Enchanté, salope. »

La joue écrasée contre la vitre latérale de la berline, Fred sentit son cœur s'emballer quand elle réalisa que l'homme n'avait pas ouvert la portière arrière, mais le coffre de sa voiture. Il la tira à nouveau par le bras, lui enfonça un chiffon dans la bouche, lui couvrit la tête avec un sac opaque et la jeta sur le tapis de sol avant de rabattre le hayon au-dessus d'elle. Le déclic du verrouillage automatique des portières fit monter en elle une vague de panique et elle se mit à suffoquer. La voiture vibra sous elle quand l'homme mit le contact. Fred recouvrit enfin ses esprits : si elle ne voulait pas mourir asphyxiée, elle devait reprendre le contrôle de sa respiration. Elle se mit à inspirer et expirer lentement à travers le tissu qui s'était enfoncé dans sa gorge, luttant contre le réflexe de régurgitation que ce dernier provoquait : si elle vomissait dans son bâillon, elle mourrait étouffée dans ses propres fluides.

XIV

Lundi 11 décembre 2023, Base Opérationnelle 401, Lieu tenu secret, Pôle Sécurité.

La salle aux murs gris était minuscule. Seul l'éclairage jaune d'une lampe de bureau donnait un peu de chaleur à l'endroit. Assis face à face, les coudes en appui sur une table métallique, un homme et une femme discutaient d'une voix paisible, comme de vieux amis qui venaient de se retrouver.

« Tu es de confession israélite ?

Fred tendit la main vers le paquet de Marlboro ouvert devant elle, en extirpa une qu'elle coinça à la commissure de ses lèvres et gratta une allumette :

- J'en ai l'air ?
- Tu ne m'auras pas à ce petit jeu », répondit-il, sûr de lui.

Elle alluma sa cigarette, éteignit l'allumette d'un

mouvement sec du poignet, puis aspira la fumée :

« Très bien. Pourquoi me poses-tu cette question, au juste ?

- Pour que tu y répondes.

Elle sourit sans le regarder :

- Lequel de nous deux est en train de jouer ?

- Tu es franco-israélienne, je l'ai vu sur tes papiers d'identité.

- Es-tu catholique ?

- Pourquoi ne veux-tu pas répondre à ma question ?

- Mon père est israélien, ma mère est française et je ne crois pas en Dieu.

Elle le regarda enfin :

Voilà, je t'ai répondu.

Il se donna quelques secondes de réflexion avant de reprendre :

- Je suis français et chrétien.

Elle baissa les yeux et hocha la tête sans hâte, l'air presque serein.

- Est-ce que tu pries ? lui demanda-t-elle soudain à travers un nuage de fumée blanche.

- Parfois.

- Vas-tu à l'église ?

- J'y vais pour assister à la messe de Noël ou

pour allumer un cierge quand quelqu'un a besoin d'une aide plus grande que la mienne. »

Elle griffa légèrement la table de ses ongles translucides et fit une moue dubitative.

Un silence pesant s'installa, durant lequel elle porta trois fois la cigarette à ses lèvres pour en inspirer la fumée. Baptiste l'étudia du regard, s'attarda sur la pommette enflée à la peau luisante, l'ombre bleue sous sa mâchoire et les écorchures sur sa gorge. Sans doute se les étaient-elles infligées elle-même lorsqu'ils avaient serré la corde autour de son cou : il y avait du sang sous ses ongles.

« Je pourrais en allumer un pour toi, si tu m'y autorises.

- Ton Dieu et toi n'avez pas besoin de mon autorisation.

- Tu as raison. C'est ce que nous appelons le libre-arbitre. »

Elle bascula en arrière, le dos calé contre le dossier de sa chaise, puis croisa les bras sur sa poitrine. Elle tenait toujours sa cigarette, désormais consumée aux deux tiers, entre l'index et le majeur de sa main droite. Elle dévisagea Baptiste d'un air intrigué, comme si elle venait à peine de remarquer sa présence dans la pièce, avant de porter une nouvelle fois la cigarette à sa bouche dans un silence absolu.

« Veux-tu boire quelque chose ? demanda-t-il aimablement.

- Un verre d'eau, ce serait parfait.

- Je t'apporte ça, dit-il en se levant. As-tu également faim ?

Elle se pencha en avant et écrasa le filtre jaune de sa cigarette dans le cendrier.

- Si vous avez une formule abordable avec café et plat du jour, je veux bien voir le menu.

Il sourit :

Pour le café, il ne devrait pas y avoir de problème, mais pour le plat du jour, je crains qu'il n'y ait que très peu de choix. Triangle de pain de mie thon-mayonnaise ou poulet-crudités.

- Va pour le poulet-crudités.

Il se dirigea vers la porte :

- Veux-tu du sucre, dans ton café ?

- Un, si c'est possible.

Il acquiesça, une expression satisfaite sur le visage :

- Tu vois, parler de nos croyances nous permet de mieux nous connaître. Tu ne crois pas en Dieu, pourtant c'est grâce à Lui que nous avons pu instaurer un dialogue.

Elle décroisa les bras et posa ses coudes sur la table :

- *Tu* as parlé de tes croyances, comme tous les prosélytes. Les religions n'ont jamais créé le dialogue.

- Je ne suis pas prosélyte », répliqua Baptiste, passablement vexé.

La femme tourna légèrement la tête vers l'origine de la voix, épaules et buste immobiles :

« Pourrais-je avoir un nuage de lait avec mon café ?

Baptiste soupira :

- Je vais essayer de te trouver ça. »

XV

Mardi 12 décembre 2023 au matin, Base Opérationnelle 401, Lieu tenu secret, Pôle Sécurité.

Le déclic de l'ouverture magnétique de la porte se fit entendre et un homme entra dans la pièce. Baptiste lui lança un regard peu amène. Il n'aimait pas être interrompu.

Sans lui prêter attention, Milan vint appuyer les deux mains à plat sur la table et baissa son visage à hauteur de celui de la femme avec un large sourire :

« Hello, Blondie. Tu permets que je t'appelle Blondie, n'est-ce pas ?

Elle acquiesça sans résistance.

As-tu apprécié notre accueil ?

-   Je dois reconnaître qu'on m'a rarement accordé autant d'attention.

-   Et ça t'a plu ? »

Frédérique ne réagit pas à la provocation, mais Baptiste fut parcouru d'un léger frisson. Il avait horreur que Milan intervienne pendant ses séances de travail avec les détenus. Il n'avait pas signé pour torturer des femmes, ne serait-ce qu'émotionnellement. Il était psychologue : son job à lui, c'était de mettre les gens en confiance pour les amener à coopérer sans avoir recours à la violence. Bien sûr, il savait que ces brutes du Renseignement menaient en parallèle des interrogatoires plus musclés, mais il ne voulait rien en savoir. Il n'interférait jamais dans leurs affaires et aurait apprécié qu'ils en fassent de même avec les siennes.

« En quoi puis-je t'aider, Milan ? », demanda-t-il avec un sourire poli.

Milan se redressa et frotta sa courte barbe d'un blond décoloré sans quitter la fille des yeux :

« J'ai l'impression que Blondie préfère les hommes qui ne posent pas trop de questions, doc, dit-il d'un ton énigmatique.

- Y a-t-il une urgence ? », insista Baptiste, dont le sourire se crispait peu à peu.

Milan sembla soudain sortir de sa torpeur :

« Oh ! Non. En fait, j'apportais juste un cadeau pour notre nouvelle amie.

Il fouilla dans une de ses poches de pantalon quelques secondes et en sortit deux carrés de papier cartonnés qu'il jeta négligemment sur la table :

Vous saviez que les Polaroïds se vendaient encore, vous deux ? Personnellement, je suis fan de ces vieux trucs : tu appuies, ça sort ! C'est génial, non ? Encore mieux qu'une imprimante !
Baptiste fronça les sourcils et étira le cou pour observer les clichés.

Ta petite copine n'a pas beaucoup de conversation, tu sais, Blondie. Mais j'imagine que ce n'est pas pour son intellect que tu l'as choisie. Comme nous ne sommes pas des bêtes, nous lui avons passé le bonjour de ta part et pris ces quelques photos en souvenir.
Baptiste se leva brusquement, blanc comme un linge :

-   Récupère ces cochonneries et va-t-en d'ici ! ordonna-t-il.

-   Un cadeau est un cadeau, répliqua Milan, amusé. Blondie en fera bien ce qu'elle veut. »
Frédérique n'avait pas bougé d'un millimètre sur sa chaise. Son corps, sa tête, ses yeux, étaient restés parfaitement immobiles.

« J'espère que tu n'es pas jalouse », reprit Milan.
Il désigna Baptiste de l'index :

« Si tu ne lui parles pas à *lui*, alors je te promets que ce soir tu auras droit aux mêmes privilèges que ta p'tite amie.

Il se pencha à nouveau et lui souffla à l'oreille :

Fais-moi plaisir, chérie, surtout ne lui parle pas…

Il se releva, mains sur les hanches, avec un rire tonitruant :

J'adore mon taf ! Pas toi, doc ? »

Il sortit sans attendre de réponse et riait encore dans le couloir longtemps après avoir quitté la pièce.

Baptiste rafla les photos sur la table d'un geste rageur, les déchira en minuscules bouts volatiles, puis les jeta au sol avant de les piétiner à coups de talon. Vidé, il se rassit enfin, essuya la sueur glacée qui coulait sur ses tempes et s'efforça de reprendre une contenance. Frédérique n'avait toujours pas bougé. Quand elle tendit enfin la main vers le paquet de Marlboro, il remarqua que ses doigts tremblaient.

« Je suis désolé, dit-il avec gaucherie. Vraiment désolé, c'était… inapproprié. »

Elle hocha tranquillement la tête, comme s'il venait de lui présenter ses excuses pour avoir renversé son verre de vin ou taché son chemisier.

Il la regarda craquer une allumette et approcher la flamme vacillante de son visage. Seul un léger tremblement continuait de parcourir ses mains tandis qu'elle tirait sur sa cigarette sans émettre le moindre son, le regard perdu sur le mur du fond.

XVI

Mardi 12 décembre 2023 après-midi, Base Opérationnelle 401, Lieu tenu secret, Pôle Renseignement.

Il ouvrit la porte du bureau à la volée, furieux :

« Vous êtes devenus dingues ou quoi ?!!!

Trois paires d'yeux gris acier se tournèrent dans sa direction.

-   Du calme, soupira Milan. Pour commencer, depuis quand descends-tu chez les gueux du Renseignement ? »

Un homme chauve, assis dans un fauteuil en cuir face à Milan, retroussa la lèvre supérieure dans une grimace de mépris. Milan lui signifia d'un simple hochement de tête qu'il s'en occupait.

« Depuis que vous démolissez les détenus qui sont sous ma responsabilité ! aboya Baptiste. Quoi qu'aient fait ces deux femmes, elles ne méritent pas un traitement aussi inhumain !

- Si tu faisais correctement ton boulot, on ne serait pas obligés de repasser derrière toi, ironisa Milan.

- Je vous préviens tous autant que vous êtes, les menaça Baptiste, l'index pointé dans leur direction, votre conduite va faire l'objet d'un rapport à la Haute Autorité.

Milan et ses deux acolytes émirent une sorte de ricanement proche du grognement d'un sanglier.

- Ils sont parfaitement au courant, mon ami. C'est un dossier qu'ils suivent minute par minute.

- Ça m'étonnerait qu'ils vous aient donné l'autorisation d'utiliser de telles méthodes !

L'homme au crâne et visage glabres fit pivoter son fauteuil dans sa direction :

- Ecoute, Mister Psy, fais ton boulot de gentil et laisse-nous faire notre boulot de salauds, OK ? C'est un dossier qui te dépasse, crois-moi. Contente-toi de lui vendre tes salades et ne nous prends pas la tête.

- Je ne suis pas maraîcher, je suis négociateur ! Et c'est vous qui foutez mon travail en l'air avec vos conneries ! Vous vous comportez comme des animaux !

Milan leva les deux mains devant lui, paumes exposées en signe d'apaisement :

- Nous bossons tous pour la même cause, doc : la Sécurité Nationale. Sommes-nous au moins d'accord sur ce point ?

Baptiste hocha la tête avec raideur.

Cette fille, avec qui tu négocies…

- Et bien ?
- Elle est plus dangereuse que tu ne peux l'imaginer.
- Ça ne justifie pas…
- Laisse-moi finir, le coupa Milan. L'as-tu observée quand je lui ai montré les photos ? Elle n'a eu aucune réaction. Aucune. Toi, tu as été bouleversé. Pas elle.
- Parce ce qu'elle était en état de sidération. Ses mains n'ont pas cessé de trembler, après ton départ.

Milan eut un sourire condescendant, presque compassionnel :

- Tu es si facilement manipulable, doc. Ce n'était pas un tremblement de détresse, crois-moi. C'était un tremblement de haine. De la haine pure, parce qu'elle n'avait aucun contrôle sur la situation. Rien d'autre. Ne te laisse pas berner. Elle a tué des enfants de sang-froid. DES ENFANTS, répéta-t-il solennellement. Elle te tuerait sans l'ombre d'une hésitation, si elle en avait l'occasion.

Baptiste se troubla.

Je suis un sale con, reprit Milan, mais je ne suis pas un menteur. Depuis le temps qu'on se déteste, toi et moi, tu le sais très bien. Ne me fais pas confiance, si tu n'en as pas envie, mais ne lui fais pas confiance non plus. Elle est une menace plus grande que tu ne l'imagines pour toi, pour moi, pour eux (il désigna ses collègues d'un mouvement de bras englobant), pour la Nation et même pour chaque individu sur cette planète.

- N'exagères pas, Milan, reprit Baptiste d'un ton agacé, ce n'est qu'un être humain fait de chair et de sang.
- Adolf Hitler et Robert Oppenheimer aussi n'étaient que des êtres humains. »

Désarçonné, Baptiste resta silencieux. Il brûlait d'envie de demander à Milan *qui* était-elle exactement et en quoi les informations qu'elle détenait intéressaient la Haute Autorité, mais il n'en fit rien, car il savait très bien que ces données étaient classées sous le sceau du secret-défense. Son rôle était uniquement de faire croire à la fille qu'elle obtiendrait l'immunité, la protection, le droit à l'oubli, une nouvelle identité, de l'argent, un avion pour la destination de son choix, la sécurité de ses proches, tout ce qu'elle désirait si elle acceptait de coopérer avec le Renseignement.

Pour ce qui était de la sécurité de ses proches, évidemment, il allait devoir revoir sa copie. Cet imbécile de Milan n'avait aucune espèce de psychologie. Il fallait composer avec.

XVII

Dimanche 17 décembre 2023, Marseille, Institut de
Recherche Stratégique de l'Ecole Militaire.

Face caméra, le Major Louvier observait les visages
de Rodolphe et Milan sur son écran de visioconférence :

« A-t-elle de la famille ?

- Plus personne sur le territoire, répondit
  Rodolphe. Ses deux parents vivent à
  Jérusalem.

Louvier parut contrarié :

- Les enlever ou les extrader serait trop risqué et
  nous prendrait trop de temps. Son père est
  influent.

- Peut-être, mais nous pourrions lui *faire croire*
  que nous les détenons… suggéra Rodolphe.

- C'est ridicule, dit Milan. Cette fille n'a aucun affect. Vous avez-vous-mêmes reconnu l'avoir recrutée pour ça. Elle n'a pas versé une larme pour sa compagne. Elle ne nous a même pas suppliés de l'épargner. Vous pourriez passer son père et sa mère vivants au hachoir à viande que ça ne lui ferait ni chaud ni froid.
- N'est-ce pas votre travail d'obtenir des renseignements ? », demanda Rodolphe d'un ton doucereux.

L'espace d'une seconde, Milan sembla déstabilisé.

« Si, mais cette fille… Nous ne l'aurons pas par les sentiments.

- Que proposez-vous, dans ce cas ? », s'agaça Louvier.

Milan bomba le torse :

« On va continuer à la travailler au corps. Personne ne peut endurer indéfiniment l'humiliation et la douleur sans finir par lâcher prise. Elle ne résistera plus longtemps.

- Rappelez-vous qu'elle doit être en état de parler, commenta froidement Rodolphe. Quand elle sera décidée à coopérer, nous aurons besoin de l'entendre. A l'heure actuelle, cette femme est ce que la Direction de l'Armement a de plus précieux. C'est la priorité absolue. Si elle nous claque dans les pattes, vous en subirez personnellement les conséquences.

- Inutile de me menacer. Ce n'est pas un petit technocrate qui va m'apprendre mon travail.

- Au vu de la médiocrité de vos résultats, je vous conseille de faire preuve d'un peu plus d'humilité.

- Vous n'êtes pas mon supérieur, vous n'avez aucun conseil à me donner.

- Ça suffit ! intervint Louvier. Il est essentiel que chacun se concentre sur sa mission dans un esprit de collaboration totale. Milan, vous avez carte blanche. Le Ministre de la Défense en personne m'a contacté ce matin pour me demander si le projet Wotan était compromis.

- Que lui avez-vous répondu ? s'enquit Rodolphe, une ride d'inquiétude au milieu du front.

- Je lui a ai répondu « *non* », bien évidemment. A présent que Weiss est entre nos mains, tout est sous contrôle, ajouta-t-il, comme s'il cherchait à se convaincre lui-même. Tout est sous contrôle, n'est-ce pas, messieurs ?

demanda-t-il d'un ton sévère.

-   Affirmatif, Major, répondit Milan en se frappant du poing sur la poitrine. Dans pas longtemps, l'oiseau vous chantera toutes les mélodies que vous voudrez entendre. »

Rodolphe serra les dents. Jusqu'ici, l'orgueil de Milan les avait conduits dans une impasse. Qu'un homme qui traînait une telle collection de casseroles derrière lui puisse encore se montrer aussi prétentieux était pour lui un mystère.

XVIII

Samedi 23 décembre 2023, Base Opérationnelle 401, Lieu tenu secret, Pôle Sécurité.

Baptiste sursauta, interrompu au beau milieu d'une phrase. Milan était entré dans la pièce sans frapper, comme à son habitude. Frédérique ne s'était pas retournée, mais avait reconnu l'odeur de musc de son eau de toilette. Elle se raidit instinctivement sur son siège, puis détendit ses muscles aussitôt. Elle espérait que Milan ne s'était rendu compte de rien, mais il ne lui avait pas accordé un seul regard :

« Navré de t'interrompre, doc, changement de programme : à partir de demain, Blondie sera mise à l'isolement en attente de son transfert vers un quartier de haute sécurité.

- Mais de quel droit… commença Baptiste.

- Ordre de l'Etat-major. Si tu n'obtiens aucun

résultat d'ici ce soir – et tu n'en obtiendras pas plus que moi, je le sais déjà – nous serons tous deux dessaisis de cette mission. »

Frédérique, les coudes en appui sur la table, n'avait pas bougé. Arriver à échapper à l'attention de ses geôliers sur cette base militaire, dont elle connaissait pourtant les plans par cœur, n'était pas chose aisée, mais sortir d'un quartier de haute sécurité serait mission impossible, elle le savait. Du coin de l'œil, elle vit briller l'acier du Manurhin que Milan portait sous sa veste et calcula le pourcentage de chances qu'elle avait de s'en saisir *maintenant*. Il avait refermé la porte derrière lui en entrant et le bureau était insonorisé. Il n'y avait personne d'autre à l'étage. Elle était enfermée avec deux hommes habilités à circuler librement dans l'ensemble des bâtiments et ils avaient forcément sur eux leur laisser-passer.

D'un même mouvement, elle bondit de sa chaise, saisit l'arme par la crosse et l'arracha de son étui.

« Eh ! », hurla Milan.

Il n'eut le temps de rien dire ou faire de plus. Elle lui tira une première balle dans l'entrejambe, une seconde dans l'abdomen et une troisième dans la gorge pour le faire taire. Elle avait enchaîné les trois tirs de façon méthodique, sans parler ni changer de rythme entre les balles. Elle contempla le corps ensanglanté de Milan qui se tortillait sur le sol en émettant des gargouillis ridicules, avant de se tourner vers Baptiste, tétanisé sur sa chaise. Elle ne ressentait rien d'autre, en cet instant précis, qu'une implacable détermination à sortir d'ici sur ses deux jambes.

« Dessape-toi, s'il-te-plaît.

- Qu… Quoi ? balbutia Baptiste.

- Dessape-toi et plie correctement tes affaires sur la table.

- Mais je n…

Elle agita le revolver dans sa direction :

- Dépêche-toi », dit-elle d'un ton étrangement calme.

Baptiste se leva, commença par retirer ses souliers, puis sa chemise, avant de lui jeter un regard suppliant :

- Le pantalon aussi. Et fais attention à ne pas mettre de sang dessus.

Devant son air hagard, elle ajouta :

Tu peux garder ton caleçon.

Elle le regarda retirer ses affaires et les plier bien à plat sur la table sans faire de commentaire.

Recule contre le mur », ordonna-elle quand il

eut terminé.

Baptiste obéit. Il entendait ses propres dents claquer, mais ce n'était pas de froid. Frédérique avança vers lui, le visage aussi inexpressif qu'un bloc de granit. Elle sentit soudain une colère froide l'envahir : bien sûr, Justine n'avait été qu'une couverture, mais elle n'y avait pas été moins attachée pour autant.

Elle braqua le canon de l'arme sur le front de Baptiste, si près de son visage qu'il se mit à loucher.

« Sois heureux, tu vas rejoindre ton Dieu, dit-elle d'une voix linéaire.

- Est-ce vrai que tu as tué des enfants ?

Elle arma le chien de son revolver :

- Oui », répondit-elle avant de tirer.

Baptiste ferma les yeux. Il eut tout juste le temps de faire une prière silencieuse pour le Salut de son âme. De son âme à *elle*.

Fred se déshabilla, enfila les vêtements de Baptiste, tâta le badge magnétique au fond de la poche du pantalon, noua ses cheveux sur sa nuque à l'aide du lacet d'une des chaussures de Milan, ramassa le paquet de Marlboro, se rassit à la table et fuma une cigarette le temps de planifier son évasion. Elle passa en revue les couloirs, les étages, les sas de sécurité, les gardes, les caméras-espions, les angles morts de ces dernières, l'agencement des bâtiments, tout ce qu'elle avait mémorisé à son arrivée dans les moindres détails.

XIX

Samedi 23 décembre 2023, Base Opérationnelle 401, Lieu tenu secret, parking du personnel habilité.

Elle ne percevait aucune agitation notable sur la Base, ce qui signifiait sans doute que son évasion n'avait pas encore été remarquée. Fred, tête baissée pour éviter l'œil des caméras, avança d'un pas décidé vers le parking du personnel. Arrivée à l'entrée du parc, elle dirigea la clef de voiture au hasard vers les véhicules stationnés devant elle et appuya sur la télécommande. Les feux d'une voiture clignotèrent brièvement avec un bib-bip discret.

Elle fut soulagée de constater qu'il s'agissait d'un Nissan Qashqai, un SUV suffisamment costaud pour servir de bélier si nécessaire. Elle se mit derrière le volant, lunettes noires sur le nez, revolver dans la boîte à gants ouverte et manœuvra en marche arrière pour s'extraire du parking sans jamais présenter son visage face caméra.

Il n'était pas question pour elle d'essayer de sortir par l'entrée principale : il y avait trop de passage – et donc de risques d'être reconnue – et trop de caméras. Elle roula vers un des postes de contrôle secondaires, espérant ne pas avoir à forcer le barrage ou à abattre le garde en faction, mais par chance, ce dernier reconnut la voiture de Baptiste du bout de l'allée et ouvrit la barrière avant même qu'elle n'arrive à sa hauteur. Fred accéléra et franchit les limites de la Base sans le regarder. Après une centaine de mètres, elle jeta un coup d'œil dans le rétroviseur : le garde avait repris son poste sous la guérite.

Fred enfonça la pédale de l'accélérateur sans même savoir où elle allait. D'après la position du soleil dans le ciel, elle roulait vers le sud, mais elle ignorait tout de sa localisation précise. Quand Milan l'avait enlevée en plein centre de Dijon, il avait conduit des heures durant, la laissant dans le noir total. Sa cagoule ne lui avait été retirée qu'à l'intérieur de la Base. Son premier réflexe, une fois ses yeux acclimatés à la lumière artificielle, avait été de mémoriser chaque trajet que ses geôliers lui faisaient faire d'un bâtiment à l'autre. Elle avait compté le nombre de pas, repéré les angles des couloirs, le nombre d'étages, la disposition des portes, leurs systèmes d'ouverture, le nombre de marches des escaliers, l'emplacement des caméras, celui des issues de secours et les fenêtres qui donnaient sur l'extérieur.

Elle scruta les panneaux de signalisation au bord de la chaussée – une nationale, estima-t-elle au vu du marquage au sol et de la limitation de vitesse – mais n'aperçut aucune borne kilométrique ni indicateur de direction. Elle roulait ainsi depuis plus de dix minutes. Elle avait impérativement besoin de savoir dans quel secteur géographique elle se trouvait. Elle alluma le GPS de son Cross over pour avoir sa réponse, puis l'éteignit aussitôt après avoir eu l'information. Il n'était pas question pour elle de l'utiliser pour se diriger : activer la géo localisation par satellite du véhicule aurait permis à ses ennemis de la suivre à la trace.

Elle arriva à une intersection et mit son clignotant vers la droite en direction de la ville la plus proche. Elle devait se débarrasser de cette voiture au plus vite au profit d'un moyen de locomotion plus discret.

XX

Dimanche 24 décembre 2023, Paris, Direction Opérationnelle de la DGSE.

La Direction de l'Armement avait merdé sur toute la ligne. Non content d'avoir fait grandir un serpent en son sein, elle l'avait laissé s'attaquer aux infrastructures militaires les plus sensibles et s'enfuir avec des secrets technologiques dont la divulgation menacerait gravement la Sûreté Nationale. Le plus impardonnable, dans tout ça ? Les Renseignements avaient réussi à arrêter et mettre au secret l'agent concerné… et ils l'avaient laissé s'échapper !

« Des incapables ! », se dit Nicolas, furieux. Des incapables qui avaient essayé de mettre sous le tapis ce qui était désormais une affaire d'Etat remontée jusqu'au Palais de l'Elysée. Résultat, il allait devoir faire le ménage. Un sacré grand ménage, même !

Apres s'être entretenu en visioconférence avec le Président de la République, son Premier Ministre, le Ministre de l'Intérieur et le Secrétaire d'Etat aux Affaires Etrangères, il contacta son homologue du Service Action :

« Vous avez le feu vert, dit-il sobrement.

- Compris, Monsieur. », répondit une voix impersonnelle à l'autre bout du fil.

Nicolas ordonna ensuite la mobilisation de son réseau d'ambassadeurs et d'agents infiltrés à l'international, afin de déterminer avec qui la chercheuse avait pu être en contact au cours de ces six derniers mois. Trop d'erreurs avaient déjà été commises. Il ne s'agissait plus de récupérer des informations secret-défense, à présent, mais de les empêcher de quitter le territoire… et s'il était trop tard, ainsi qu'il le soupçonnait, de faire disparaitre tous ceux qui pourraient en avoir eu connaissance de près ou de loin. En tant que chef de service de la DGSE, son boulot était de protéger les intérêts de la France, peu importait à quel prix. L'IRSEM avait beau se défendre en expliquant que cette fille avait des compétences exceptionnelles en conception d'armes de haute technologie, elle n'était objectivement rien d'autre qu'une terroriste traître à la Nation. Restait à déterminer pour le compte de qui elle travaillait et depuis quand. Les gars du Renseignement étaient convaincus qu'elle avait agi en solo, mais c'était tout bonnement impossible. Comment aurait-elle réussi son coup ? Dans quel but ? Cela n'avait aucun sens, ils étaient forcément passés à côté de quelque chose.

« Tous des incapables ! », répéta-t-il à voix haute, de plus en plus irrité par la situation.

Un agent double à l'IRSEM… Si l'OTAN venait à le découvrir, la France serait la risée du reste du monde. La nouvelle d'un Président des Etats-Unis qui égare la mallette nucléaire, en comparaison, n'aurait guère mérité plus qu'un article people dans Gala.

Il mit en chauffe sa cigarette électronique et tapota du bout des doigts sur son bureau. S'énerver était contre-productif, d'autant qu'il avait d'autres dossiers en instance. Les Russes, les Libyens, les Chinois, les Saoudiens, les Palestiniens et les Sénégalais lui donnaient déjà pas mal de fil à retordre. Entre les rançons à négocier pour la libération d'otages, les sabotages de câbles sous-marins et les tentatives de putsch, il n'avait pas le temps de s'ennuyer. Cette chercheuse… Comment s'appelait-elle, déjà ? Ah oui, Weiss ! Un nom bien juif, tiens… Etait-elle liée à une de ces affaires ? Dans le doute, il se replongea dans le dossier russe et passa quelques appels.

Après tout, les juifs étaient un peuple avide de richesses et la Russie un Etat corrompu et corrupteur : les deux étaient naturellement faits pour s'acoquiner. Non, il n'était pas antisémite, car l'antisémitisme n'était pas dans le vent. A titre personnel, il se considérait comme antisioniste. Et puis après tout, c'était une réalité : tout comme les Kenyans couraient plus vite que les français au 400 mètres haie, les juifs étaient partout où il y avait de l'argent; dans les médias, la finance, le commerce…

« De la vermine », conclut-il pour lui-même.
De la vermine souvent utile, mais de la vermine tout de même. La preuve, cette fille avait tué de sang-froid des hommes, des femmes et des enfants. Tout ça pour de l'argent. Car Nicolas n'en doutait pas : le mobile de ses actes était l'argent. Combien ses donneurs d'ordre (le KGB ? Le Mossad ? le VAJA ? le MSS ?) lui avaient-ils promis - ou peut-être même déjà versé sur un compte offshore - pour la conduire à trahir son pays ?

La loyauté ne signifiait plus rien pour personne, de nos jours, pensa-t-il encore avec amertume.

XXI

Dimanche 24 décembre 2023, Romainville, Fort de Noisy.

Maxime ouvrit le dossier, parcourut en diagonale le CV de sa cible et examina les photos. Même s'il ne se faisait aucune illusion sur la nature humaine, il avait du mal à imaginer cette petite blonde en blouse de laborantine, ingénieure de métier, capable de planifier l'assassinat de onze personnes... dont trois enfants en bas âge. Avec un QI évalué à 178, elle était décrite comme une personne à « Très Haut Potentiel Intellectuel ». Le comportement, lui, était de type « caméléon », avec une aisance remarquable à se fondre dans n'importe quel environnement.

« Armée, dangereuse, organisée et manipulatrice » : voici les 4 mots qu'il avait retenus de la lecture de son profil.

Il feuilleta son état civil, prit note de sa dernière adresse connue sur Marseille et des éléments de sa sphère privée. Ces derniers étaient assez maigres. Il était mentionné qu'avant d'être recherchée, Frédérique Weiss fréquentait une autre femme du nom de Justine Tovanna, elle-même veuve et mère de famille. L'étude de ses e-mails et l'enquête de voisinage avaient révélé que les deux femmes se rencontraient presque quotidiennement sur la métropole marseillaise. Chaque semaine, Weiss passait même le week-end entier au domicile de la veuve et de sa petite fille. Des témoins les avaient souvent aperçues toutes les trois ensemble au cinéma, dans des enseignes de restauration rapide, en train de faire des courses ou de se promener dans les allées du parc Chanot.

Quand le Renseignement était allé cueillir Justine Tovanna à la sortie de son travail, sa fillette était à la garderie. Du moins, c'est ce qu'elle leur avait dit, car d'après le rapport, la Directrice de l'établissement affirmait ne pas s'être vue déposer l'enfant ce jour-là. C'est pour cette raison que les services du Renseignement avaient d'abord soupçonné la jeune femme de mentir pour couvrir la fuite de Weiss, avant de comprendre qu'elle n'était au courant de rien. La fillette, quant à elle, n'avait jamais été retrouvée : les agents du Renseignement supposaient que Weiss l'avait supprimée et qu'elle comptait faire de même avec sa compagne pour ne laisser aucun témoin derrière elle. Sans le savoir, ils lui avaient coupé l'herbe sous le pied lorsqu'ils avaient enlevé la jeune maman avant que la chercheuse n'ait eu le temps de mener son plan meurtrier à son terme.

Hormis ça, Weiss ne semblait avoir eu aucun lien social externe à l'Institut : pas d'amis, pas de frères et sœurs, pas de parents sur le territoire, pas d'oncle, de tante ou de cousin éloigné avec qui elle aurait pu entretenir la moindre relation de proximité.

Le dernier endroit où elle avait été aperçue, c'était au Pôle Sécurité de la Base 401, 24 heures plus tôt, au moment où elle franchissait la barrière au volant de la voiture du négociateur, qu'elle venait d'abattre en même temps qu'un agent du Renseignement. Le planton avait été sanctionné pour sa négligence, mais les caméras de sécurité, elles, avaient enregistré la fuite de la meurtrière : malgré ses lunettes noires et ses cheveux noués sur le crâne, elle était parfaitement reconnaissable sur les images de vidéosurveillance.

Maxime plissa le front, une expression soucieuse

sur le visage : 24 heures d'avance, c'était énorme pour un profil de ce type qui, de surplus, se savait recherché. Même si son signalement avait été transmis dans l'heure à tous les aéroports, les gares et les postes frontières du territoire, elle avait eu largement le temps de trouver une planque, de modifier son apparence et peut-être même de quitter le pays sous une fausse identité, malgré l'étroite surveillance des réseaux de transport par les services secrets.

Maxime fit une seconde lecture du rapport, plus approfondie que la première. Il annota certains paragraphes dans la marge et en surligna d'autres.

Comme point de départ de sa mission, il partit de l'hypothèse que sa cible allait chercher à rejoindre Israël, où habitaient ses parents. Ses papiers d'identité étaient restés aux mains des autorités françaises et il y avait tout de même très peu de chance qu'elle ait réussi à embarquer dans ces conditions, sauf si elle avait eu un complice quelque part qui l'attendait avec de faux papiers.

Sa première démarche fut donc de contacter l'ambassade de France à Tel Aviv afin de checker les arrivées de ressortissants français ces dernières 24 heures : RAS, comme il s'y attendait.

Il entreprit alors de retrouver la trace du véhicule volé à bord duquel elle avait pris la fuite.

XXII

Dimanche 24 décembre 2023, Strasbourg, Alsace.

Gilbert raccrocha le téléphone, inquiet et désemparé. Dans sa chaise roulante, sa femme se tordait les mains avec un regard suppliant. Voilà plusieurs semaines que leur fille ne les avait pas contactés et ne répondait plus à leurs appels. Depuis 72h, son cellulaire basculait même directement sur messagerie, comme s'il était éteint.

L'avion de Justine aurait dû atterrir à l'aéroport de Strasbourg à 18h01 aujourd'hui, mais dans le hall du Terminal 3, Gilbert avait attendu en vain jusqu'à la sortie du dernier passager, avant de se faire confirmer par un employé au comptoir qu'elle n'avait jamais embarqué. Il était pourtant prévu de longue date qu'elle vienne passer les fêtes de Noël chez ses parents, et se dédire sans prévenir n'était pas dans ses habitudes. De retour chez lui, il avait donc appelé la gendarmerie pour signaler sa disparition. L'officier de permanence lui avait répondu qu'une personne majeure n'avait aucune obligation légale de donner de ses nouvelles à sa famille et qu'il était trop tôt pour considérer ce retard comme inquiétant. La disparition semblait d'autant moins alarmante au gendarme que la jeune femme voyageait avec une petite fille et que, d'après les dires mêmes de Gilbert, la ligne fixe du domicile ne répondait pas non plus, ce qui signifiait à coup sûr qu'elles étaient en route. Leur fille avait probablement raté l'avion et ne tarderait pas à se manifester.

« Qu'est-ce qu'ils ont dit ? demanda Monica.

-    Qu'elle avait sûrement manqué son vol.

-    Mais elle nous aurait prévenus !!!

-    Pas si son portable est en panne de batterie », hasarda Gilbert.

Evidemment, il n'y croyait pas. Son instinct de père lui hurlait qu'il était arrivé quelque chose de grave, de très grave, même… mais il lui fallait ménager son épouse, atteinte d'une sclérose en plaque depuis plus de dix ans. D'après son neurologue, toute forme de stress était susceptible de faire flamber la maladie.

« Ils ne vont pas essayer de la retrouver, n'est-ce

pas ? », demanda-t-elle.

Gilbert hocha la tête avec un faible sourire :

« Inutile de nous affoler pour quelques heures de retard, ils ont sûrement raison. Elle a dû prendre un autre vol.

- Mais leur as-tu dit qu'elle avait une petite fille avec elle ?

- Oui. Elles sont sans doute coincées dans les embouteillages ou en salle d'embarquement d'une escale. Quoi qu'il en soit, la compagnie aérienne n'a signalé aucun incident sur ses vols, donc il n'y pas de raison de s'inquiéter. »

Depuis la mort de son mari dix-huit mois plus tôt, Justine s'occupait seule de sa petite fille. Elle habitait dans le sud-est, à huit-cents kilomètres de chez ses parents, mais leur rendait visite pendant les vacances scolaires.

« Appelle les pompiers ! cria Monica.

- Calme-toi…, dit doucement Gilbert.

- Mais tu sais qu'il lui est arrivé quelque chose !!! Tu le sais !!!

- C'est possible, avoua Gilbert du bout des lèvres, mais pas nécessairement quelque chose de grave. Peut-être est-elle hospitalisée pour une simple intoxication alimentaire ou une appendicite. Ou peut-être a-t-elle une banale infection respiratoire – il y a pleins de virus, en ce moment.

- L'hôpital nous aurait appelés, nous sommes ses parents !

- Pas si ses jours ne sont pas en danger.

- Ça fait un mois, Gilbert ! Un mois que nous n'avons aucune nouvelle d'elle !

Les épaules de l'homme se voutèrent :

- Que veux-tu que je te dise ?

- Réserve un billet d'avion pour Marseille, nous partons aujourd'hui.

- Nous ne pouvons pas faire ça. Si jamais elle a seulement manqué l'avion et arrive à la maison alors que nous sommes absents, elle va se retrouver à la porte avec la petite.

- Alors appelle les sapeurs-pompiers d'Aubagne. Si les gendarmes ne veulent rien faire, les services de secours accepteront peut-être de faire une visite de contrôle à son domicile ?

Gilbert approuva et se leva de son siège :

- Tu as raison, c'est ce que je vais faire ».

Il alla s'asseoir derrière son ordinateur portable, le mit en marche et se connecta sur les pagesjaunes.fr.

Il laissa sonner patiemment, puis expliqua la situation à l'officier de permanence qui avait pris son appel. Au bout du fil, le Caporal Janssen lui promit d'envoyer une équipe au domicile de sa fille dans la soirée afin de le rassurer.

XXIII

Lundi 25 décembre 2023 au soir, Col de la Sestrière,
Alpes de Haute-Provence.

Elle braqua sa lampe torche vers le fond du tunnel,
l'éteignit et la ralluma trois fois, puis attendit. Le bref
signal lumineux, accompagné du cliquetis du
commutateur, se répercuta sur les parois obscures.
« Maman ? demanda une petite voix.
-    Oui, ma puce, tu peux sortir.
Une fillette surgit de l'obscurité :
-    J'ai eu peur, toute seule ! », cria-t-elle sur un
     ton de reproche avant de s'arrêter, les mains
     plaquées sur la bouche.
Frédérique s'accroupit et ouvrit les bras :
« Tout va bien, je suis de retour.
Mais l'enfant n'avançait pas, comme pétrifiée.
N'aies pas peur, dit doucement Fred. Viens…

-     Ta figure… sanglota soudain la fillette.

Pourquoi tu ne ressembles plus à ma maman ?

Le cœur de Frédérique se serra dans sa poitrine :

-     Tout va bien, Lili, c'est moi, il ne faut pas avoir
      peur…

-     Mais t… tu… tu as quoi sur la figure ? hoqueta
      l'enfant.

-     Juste quelques bosses. Tu te rappelles, quand
      tu es tombée de vélo ? »

Lili fit *oui* de la tête, l'air toujours terrifié. Les larmes continuaient de couler sur son visage poupin.

« Eh bien maman est tombée de vélo, elle aussi, mais elle va vite guérir. »

Un genou à terre, Fred patienta, un sourire encourageant sur ses lèvres tuméfiées.

La petite fille de 4 ans, qui venait de passer le soir de Noël seule dans un sous-terrain, courut finalement se réfugier dans les bras de sa mère. Fred couvrit la petite tête blonde de baisers bruyants, puis la berça un long moment.

Lorsqu'elle était tombée enceinte d'Emilie, elle vivait seule et travaillait déjà sous le sceau du secret-défense avec le Dr Simon. Elle avait fait de son mieux pour cacher sa grossesse à son employeur, car elle craignait de se voir évincer de son propre programme de recherche, voire purement et simplement remerciée.

A la naissance de sa fille, elle avait fait le choix de la confier à la garde exclusive du père, qui l'avait accueillie sans aucune difficulté. Fred ne s'était jamais mariée et Lili ne portait pas son nom. Frédérique lui rendait visite tous les soirs, une fois la nuit tombée. Si elle avait pris toutes ces précautions à l'époque, ce n'était d'ailleurs pas uniquement pour éviter d'être dépossédée du projet professionnel sur lequel elle travaillait depuis cinq longues années. Elle souhaitait aussi et avant tout protéger l'enfant. L'espionnage politique et industriel n'était pas une légende, elle le savait. Elle ne voulait pas que la vie de sa fille puisse devenir un moyen de pression, voire de chantage par les membres d'une organisation étrangère. Jamais, ô grand jamais, elle n'aurait pensé être un jour traquée par son propre gouvernement.

Elle repoussa gentiment Lili par les épaules et plongea son regard dans le sien :

« Ecoute-moi, ma puce…

Les grands yeux verts de l'enfant, étonnamment graves, reflétaient la lueur jaune de l'ampoule qui se balançait au plafond.

Il faut que tu te tiennes prête à partir, c'est

compris ? Garde toujours ton sac auprès de toi, même quand tu vas aux toilettes.

- Mon sac Petite Sirène ?

Fred hocha la tête.

- Est-ce que Justine vient avec nous ?
- Elle nous rejoindra en chemin.
- Où ça ?
- Je ne sais pas encore, il nous reste quelques détails à régler.
- Mais elle va nous rejoindre, pas vrai ?
- Oui, ma chérie.
- C'est promis ?
- C'est promis », mentit Fred d'une voix pleine d'assurance.

Il y eut un long silence, puis :

« Pourquoi tu pleures, maman ?

- C'est le vent, au dehors. Il pique les yeux.
- Il faudra que je me couvre bien le visage, alors.

Fred lui sourit à travers ses larmes :

- Oui, il faudra que tu te couvres le visage…

Elle s'essuya les yeux d'un revers de manche.

Tu mettras ton bonnet et ton écharpe rose, ils te protégeront.

- Maman…
- Oui, ma chérie ?

Lili la dévisagea, sourcils froncés, incroyablement sérieuse :

- Tu es sûre que c'est toi ?

Cette fois, Fred éclata de rire, un rire inattendu mais libérateur :

- Bien sûr que c'est moi ! Mon visage va redevenir normal d'ici quelques jours.
- Qu'est-ce que ça a de drôle ?
- Je ne sais pas… Désolée d'avoir ri, je ne voulais pas me moquer de toi.
- Tes habits ne sentent pas toi non plus.
- On me les a prêtés.

Un nouveau silence s'installa, puis l'enfant demanda :

- Crois-tu que Papa peut encore nous voir ?

Un peu surprise, Fred pencha la tête sur le côté :

- Pourquoi ne pourrait-il plus nous voir ?

Lili pointa son doigt menu vers le plafond :

- Si on ne voit plus le ciel, peut-être que Papa ne peut plus nous voir non plus. »

Fred sourit, attendrie. Elle-même ne croyait pas en Dieu, mais à la mort du père de Lili, Justine, sa nouvelle femme, lui avait raconté qu'il était au Ciel et continuait à veiller sur elles trois de là-haut. Frédérique l'avait laissé dire.

« Papa peut voir à travers tous les murs et les

plafonds du monde, ma chérie. Il te regarde en ce moment-même et il t'envoie des millions de bisous, j'en suis certaine.

La fillette acquiesça, l'air satisfait :

- Est-ce que je peux avoir du brownie avec du jus d'orange ?
- Oui, s'il en reste.
- Je t'attendais pour le manger avec toi.
- C'est gentil.
- Par contre, j'ai mangé tous les bonbons », rajouta l'enfant d'un air coupable.

Fred éclata à nouveau d'un rire irrépressible et ses côtes, déjà douloureuses, la firent atrocement souffrir.

« Pourquoi tu ris encore ? l'interrogea Lili, intriguée.

Fred se reprit :

- Parce ce que te voir me met de bonne humeur, mon ange », lui dit-elle avec un sourire sincère.

Le visage de Lili s'illumina :

« Je t'ai fait des dessins !

- J'ai hâte que tu me les montres… Dis-moi, est-ce que Papa Noël t'a apporté un cadeau ?

La petite fille haussa les épaules :

- Non, mais c'est pas sa faute. Il ne peut pas

rentrer, ici.

- Le Père Noël peut rentrer partout, exactement comme papa. Je suis sûre qu'il est venu pour te déposer un cadeau et que tu ne l'as simplement pas vu.

Lili fit un « non » catégorique de la tête.

- Pourquoi « non » ? demanda Fred.

- Il n'y a rien sous le sapin.

- Il l'a sûrement caché pour te faire une surprise.

La jeune femme se releva et pris la fillette par la main :

Viens, on va le chercher ensemble. »

XXIV

Mardi 26 décembre 2023 au matin, Col de la Sestrière, Alpes de Haute-Provence.

L'abri antiatomique conçu par le Dr Simon comprenait une pièce de vie, une chambre avec un lit simple, une cuisine et une salle d'eau. Un groupe électrogène permettait de s'éclairer, de réchauffer les aliments et de faire fonctionner deux petits radiateurs à bain d'huile. Les ampoules au plafond éclairaient chaque pièce d'une faible lueur, tandis qu'un cumulus d'une vingtaine de litres fournissait suffisamment d'eau chaude pour une douche quotidienne.

Nue sous le jet d'eau tiède, Fred fut soudain confrontée à un corps ravagé qu'elle ne reconnaissait pas, de la même manière que Lili, la veille au soir, n'avait pas reconnu son visage. Sa peau avait éclaté par endroits comme un fruit trop mûr tombé au sol. Des marques de brûlure suintantes, des boursoufflures et des ecchymoses recouvraient l'ensemble de son épiderme. Elle se savonna avec précaution, nettoyant les blessures du mieux qu'elle pouvait malgré la douleur. Lorsqu'elle se rinça l'entrejambe, un peu de sang s'en écoula. Elle repensa à ce chien de Milan et regretta de ne pas l'avoir émasculé pour le forcer à avaler sa propre queue jusqu'à l'étouffement. Sa douleur à elle, elle pouvait la gérer, mais les cris de Justine la hanteraient à jamais. La culpabilité de sa mort était imprégnée dans son cerveau comme un marquage au fer rouge dans de la chair vive.

Elle coupa l'eau, se sécha aussi délicatement qu'elle s'était savonnée, laissant malgré elle quelques traces de sang sur la serviette éponge.

Justine…

Fred avait pensé la préserver en la tenant à l'écart de ses activités depuis le début, mais au lieu de ça, elle l'avait conduite à la terreur, à la souffrance et à la mort. Elle aurait dû la mettre à l'abri dans le bunker dès le premier jour, elle aurait dû lui parler, la supplier de lui faire confiance et de la suivre, même si elle ne pouvait pas tout lui dire. Elle aurait dû… elle aurait dû… elle aurait dû…

Fred se rendit compte qu'elle était en train de se balancer d'avant en arrière, les mains sur les oreilles, la serviette tombée à ses pieds. Elle s'ébroua pour sortir de sa transe, enfila des vêtements propres et alla rejoindre Lili dans la cuisine pour lui préparer son petit-déjeuner. Justine avait été leur ange-gardien : elle redoutait le moment où elle devrait expliquer à Lili qu'elle ne la reverrait plus jamais. Bien sûr, elle ne lui dirait pas la vérité, elle enroberait, lui fabriquerait une belle histoire pour finir par lui dire qu'elle avait retrouvé son papa au Ciel et qu'ils veillaient tous les deux sur elle. Elle verrait bien le moment venu, de toute façon. A l'heure qu'il était, toutes les forces vives de la Défense Nationale, dans les bureaux comme sur le terrain, devaient être à ses trousses. Il ne lui restait que peu de temps pour arriver à faire sortir sa fille du pays. Bien sûr, elle-même essaierait de refaire sa vie avec elle sous une nouvelle identité, mais son propre avenir lui importait peu : sa priorité absolue, c'était la sécurité de l'enfant.

Fred posa une casserole d'eau sur l'unique plaque

électrique qui équipait la cuisine de l'abri. Elle prépara le lait en poudre, le Nesquick et les céréales Kellogs, se servit une tasse de café soluble froid, puis trempa l'index dans le liquide en train de chauffer pour vérifier sa température. Elle enleva la casserole de la plaque, mélangea la poudre cacaotée, le lait et les pétales de maïs glacés et sourit à Emilie tandis qu'elle posait sur la table son bol de chocolat chaud. La fillette avait assis son nouvel ours en peluche sur ses minuscules genoux : elle l'avait appelé Noël, parce que c'était un cadeau du Papa Noël.

« Tu sens bon, maman ! dit-elle à sa mère.

- Merci, ma puce.

- Hier, tu ne sentais pas bon !

- Je sais…

- Maintenant tu sens toi ! », conclut-elle d'un ton ravi avant de plonger la cuillère dans son bol de céréales.

Le menton entre les mains, Fred regarda sa fille manger sans rien dire.

Elle se surprit à prier un dieu en qui elle ne croyait pas de la laisser grandir et s'épanouir, avec ou sans sa mère.

XXV

Jeudi 28 décembre 2023, Digne-les-Bains centre, 4e étage d'un immeuble abandonné.

Maxime, assis devant la fenêtre, patientait depuis deux longues heures. Lorsqu'il était arrivé sur place au beau milieu la nuit, il avait pris le temps de choisir et d'installer son QG de manière à avoir le meilleur angle de vue possible. De là où il était, il ne pouvait pas manquer sa cible : l'encadrement de la porte, en contrebas, était dans sa ligne de mire.

Il n'avait pas fallu bien longtemps à ses collègues de la DGSA pour retrouver la voiture à bord de laquelle la fille s'était enfuie. Le Nissan volé avait été localisé sur un terrain vague à une trentaine de kilomètres de là grâce au fichier d'une fourrière municipale. Les enquêteurs avaient alors lancé une vaste enquête de terrain aux alentours, contactant notamment les loueurs de voiture, les prêteurs sur gages, les banques, les Cyber Cafés, les cabinets médicaux, les grandes surfaces et même une radio locale, sans résultat.

Jusqu'à ce fameux signalement de la veille au soir, quand l'un des commerçants interrogés avait reconnu les photos de la fugitive. Max avait misé sur le fait qu'elle se présenterait à nouveau au même endroit le lendemain matin et son intuition ne l'avait pas trompé. Seulement voilà, il l'avait vue descendre du bus et entrer dans le café depuis (il regarda sa montre) deux heures et treize minutes, maintenant. Qu'elle reste sur place aussi longtemps était anormal. Ce comportement allait à l'encontre de son modus operandi. D'après le rapport en sa possession, les déplacements de la fille avaient toujours été furtifs. Hier après-midi, elle ne s'était pas attardée plus de dix minutes dans l'établissement. Elle avait commandé un expresso, s'était connectée au PC n°6 (aussitôt saisi par la DGSA), avait payé en liquide et était repartie à pieds. Le propriétaire se souvenait très bien d'elle, car elle avait une vilaine cicatrice qui semblait récente sur l'arcade sourcilière gauche et boitait légèrement de la jambe gauche.

Qu'est-ce qu'elle fabriquait à l'intérieur depuis

tout ce temps ? L'instinct de Max lui disait que quelque chose ne tournait pas rond. Il avait l'habitude d'attendre, ça faisait partie de son job, mais il avait un mauvais pressentiment.

Huit minutes de plus s'étaient écoulées. Il se passa la langue sur les dents. Sa bouche était pâteuse, avec un arrière-goût de café amer. Il sortit un Mentos de sa poche et le glissa dans sa bouche pour se rafraîchir l'haleine, les yeux rivés sur la porte d'entrée du cyber café.

Soudain, il l'aperçut. Non pas à travers la vitre mais *dans* la vitre. La silhouette de sa cible se reflétait dans le verre dépoli : elle était derrière lui, à moins de six mètres, le canon d'un revolver pointé dans son dos.

Depuis tout ce temps, elle l'observait.

« Pas de geste brusque, cowboy… Mets tes mains derrière la tête. »

Maxime obéit sans se retourner. Dans la vitre, il la vit se déporter sur son côté droit.

« Lève-toi très lentement et va t'allonger à plat ventre le long du mur. »

Il suivit la direction qu'elle lui indiquait du menton.

Fred avait hésité à lui demander de rester debout

pour le fouiller, mais elle ne voulait pas prendre le risque de l'approcher de trop près sans nécessité absolue : cet homme d'une trentaine d'années, grand et robuste, était rompu aux techniques de combat au corps à corps, ce qui n'était pas son cas. Elle avait été formée au maniement des armes et aux techniques de self-défense quand l'armée l'avait recrutée, mais rien que de très basique au regard d'un agent du Service Action. De plus, la tenue de l'homme – jean regular, polo à manches longues et sneackers – ne présentait aucune déformation suspecte. Elle attendit de le voir en équilibre sur ses coudes pour reprendre la parole :

« Face contre terre. »

Il obéit à nouveau, les mains toujours croisées derrière la nuque.

Fred s'approcha du fusil d'assaut posé sur son bipied à hauteur de fenêtre :

« Explique-moi comment on retire les munitions de ton joujou.

-   Tu n'as qu'à regarder sur Youtube », répondit-
    il d'un ton agressif

Fred fit la moue, sans se départir de son calme apparent :

« Et déclencher un bornage ? Même avec ton

téléphone, je ne prendrai pas ce risque.

- Alors démerde-toi !

- Je te conseille de coopérer.

- Tu vas me tuer, de toute façon, alors ne compte pas sur moi pour t'aider.

- Pourquoi est-ce que je te tuerais ?

- Parce que tu es une tordue.

Elle hocha la tête pour elle-même, un peu perplexe :

- Tu ne veux vraiment pas me donner un indice ? »

Il réfléchit à ce qu'il devait répondre. Il ne fallait pas la provoquer, mais il ne fallait pas la croire non plus. Naturellement, elle savait que si elle le tuait, un autre serait chargé de l'éliminer, mais ça lui ferait quand même gagner du temps. Max pensa à sa femme, à sa petite fille, à ses parents, et se demanda quelle serait la version officielle de sa mort. Le Ministère des Armées parlerait-il d'un suicide ? D'un crime crapuleux ? D'un acte terroriste ? Ou peut-être d'un accident ? Il avait intégré le Service Action deux ans plus tôt en toute connaissance des risques, mais malgré tout, mourir à l'âge de 31 ans lui paraissait injuste, d'autant plus injuste que personne, absolument personne, ni ses proches, ni les citoyens de son pays, ne sauraient jamais qu'il était mort dans l'accomplissement de son devoir.

Fred s'agenouilla à côté de l'arme de guerre et commença à l'étudier. Au bout de trois longues minutes, elle repéra le chargeur et réussit à le démonter. Max l'entendit manipuler la culasse. Elle venait de faire tomber au sol la cartouche engagée dans la chambre de chargement.
Elle s'accroupit pour la ramasser.

« Mets les mains dans ton dos, demanda-t-elle.

- Va te faire foutre ! cria-t-il soudain. Je ne crèverai pas attaché comme un chien ! »

Une larme coula sur sa joue de *petit garçon*. De *petit garçon* car sa mère lui avait appris que les *grands garçons* ne pleuraient pas. Il n'avait pas envie de mourir, il avait peur, il était révolté contre le sort qui l'attendait, mais il devait se comporter en *grand garçon* pour rendre sa mère fière de lui. Il crispa les mâchoires, prêt à mourir en homme.

« Les mains dans le dos, s'il-te-plaît », insista la voix.

Comme il ne bougeait toujours pas, la femme s'approcha et arma son revolver. Le « clic » de la détente qui s'enclenche provoqua une brusque suée entre les omoplates du jeune homme.

« Je te conseille de ne pas te débattre », chuchota-t-elle au-dessus de lui.

Max sentit soudain un poids dans son dos et ses bras furent ramenés vers l'arrière d'un mouvement si brutal qu'il en eut le souffle coupé. L'espace d'un instant, il fut convaincu que ses deux épaules s'étaient déboîtées sous le choc, puis la douleur reflua peu à peu tandis que la fille entravait ses poignets, puis ses chevilles. Après l'avoir ligoté, elle lui enleva ses chaussures.

Fred s'assit à même le béton ciré et entreprit de glisser les lacets des sneackers de Maxime dans les passants de ses propres baskets, puisqu'elle avait retiré les siens pour l'attacher avec. Elle se releva, alla s'accroupir devant la mallette noire ouverte à côté du fusil désormais inoffensif et examina son contenu. Elle y découvrit un appareil photographique longue portée, fit défiler les images sur l'écran LCD et y trouva des photos d'elle de moins de 24 heures. Heureusement, aucune de ces photos n'avaient été prises à proximité du bunker. Il n'avait retrouvé sa trace qu'à partir du Cyber Café dans lequel elle s'était rendue pour communiquer un numéro de virement à son père via une adresse e-mail jetable.

Dans la doublure en tissu de la mallette, elle découvrit une photo de son porteur avec une jeune femme brune et une petite fille d'environ 10 ans. Fred la remit à sa place. Elle récupéra la carte SD de l'appareil photo et se tourna vers Maxime :

« Je ne veux pas savoir qui t'a donné l'ordre de me supprimer, mais seulement pourquoi. »

C'était une question de pure forme, évidemment, elle connaissait la réponse. Elle voulait juste savoir quel était le cadre officiel de la mission qui avait été confiée au sniper, mais ce dernier gardait les dents serrées. Elle attendit quelques secondes.

« Tu ne veux toujours rien dire… ? Je comprends. Peut-être n'as-tu pas même la réponse à ma question. Les choses sont rarement ce qu'elles ont l'air d'être, dans ce monde. »

La jeune femme se redressa et passa derrière lui. Joue contre terre, Max ne voyait pas ce qu'elle faisait, mais il l'entendait se déplacer dans le logement. Plusieurs minutes s'écoulèrent, durant lesquelles il se demanda si elle allait le prendre en otage pour tenter de négocier ou le tuer sur place.

Fred rangea son revolver à l'arrière de son jean. Elle jeta un dernier coup d'œil dans l'appartement, soupesa les balles du Cheytac dans sa sacoche, ramassa les chaussures de Maxime et se dirigea vers la porte d'entrée.

Max entendit les gonds grincer sur eux-mêmes. C'était le moment de vérité. Mu par une terreur indicible, il ferma les yeux le plus fort qu'il pouvait. Lorsque le pêne réintégra son compartiment dans un léger cliquetis, il se rendit compte qu'il s'était arrêté de respirer depuis de longues secondes et remplit brusquement ses poumons d'air frais. La pièce était désormais plongée dans le silence, mais il n'osait pas bouger. La fille était-elle vraiment partie ou allait-elle revenir ? Etait-ce une ruse ?

Dans son dossier, il était écrit que son quotient intellectuel la classait dans les 5% des individus les plus intelligents de la planète, mais aussi qu'elle tuait de sang-froid. Or, elle savait qu'il avait été missionné pour l'abattre. Elle ne pouvait pas ignorer qu'il continuerait à la traquer. Il était à sa merci, l'éliminer aurait été pour elle un jeu d'enfant. Alors pourquoi lui avoir laissé la vie sauve ? Pourquoi laisser un témoin derrière elle après avoir tué onze personnes ? Avait-elle craint que le bruit du tir n'attire l'attention de quelqu'un ? C'était absurde, car elle aurait pu –

elle pouvait encore ! – l'étrangler, l'étouffer ou lui fracasser le crâne contre le sol. Il attendit près de dix minutes supplémentaires avant d'oser rouler sur le côté pour regarder vers le centre de la pièce.

Il était seul.

XXVI

Jeudi 28 décembre 2023, Route Nationale 85, Col de l'Orme.

Ainsi donc, ils avaient renoncé à la capturer vivante.

La moto prit une courbe serrée, puis accéléra en sortie. Fred avait loué l'engin en ligne sous un nom d'emprunt, grâce au numéro de carte bancaire de Maxime. Circuler en deux-roues lui permettait de se déplacer beaucoup plus rapidement, or le temps était précisément ce qui lui manquait. Leur tueur – celui-là ou un autre – ne tarderait pas à retrouver sa trace. Elle tourna sa main droite sur la poignée pour gagner encore de la vitesse. Le casque à la visière fumée dissimulait son visage tandis qu'elle enchaînait les lacets à plus de 120 km/heure, un genou frôlant le bitume à chaque entrée de virage.

Dans sa tête, l'image de Lili se superposait à celles des jumeaux du Dr Simon.

Alors même qu'il mûrissait sa propre vision du projet Wotan trois ans plus tôt, l'ingénieur robotique avait épousé via une agence matrimoniale une jeune femme russe mère de deux enfants. Il les avait officiellement adoptés et élevés, non pas comme ses propres fils, mais comme des animaux de laboratoire. Quand le chercheur avait révélé son intention d'expérimenter son programme sur des organismes humains, Fred comprit qu'il avait fait venir en France la femme et ses deux enfants dans le seul but de les utiliser comme cobayes. Ils étaient pour lui ce que les chiens étaient à Ivan Pavlov : un simple matériel scientifique destiné à concrétiser ses travaux.

Le jour où Fred avait fait exploser l'avion qui devait transporter la famille Simon sur une île déserte au sud de la Guyane française, elle avait psalmodié pendant des heures :

« Ce ne sont pas des enfants, mais des armes de destruction massive, pas des enfants, mais des armes de destruction massive, pas des enfants, mais des armes de destruction massive… des armes de destruction massive… des armes de destruction massive… ».

Mais elle avait eu beau essayer de se convaincre, elle savait que c'était faux : c'était bien des enfants, deux femmes (leur mère et leur baby-sitter) et trois hommes innocents (les deux pilotes et un agent de protection rapprochée) qu'elle avait assassinés... même s'ils étaient *aussi* des armes de destruction massive. Au moment d'appuyer sur le déclencheur, son estomac, pourtant vide, s'était révulsé. Quand la déflagration avait retenti, elle avait vomi un flot de bile acide entre ses genoux.

Elle jeta un coup d'œil dans ses rétroviseurs : personne ne la suivait. Elle décéléra légèrement. Elle n'avait qu'une pensée en tête : Lili. Si Frédérique avait un accident maintenant, sa fille ne serait jamais retrouvée et mourrait de faim et de soif à quinze mètres de profondeur sous la surface de la Terre.

Elle mit pied à terre sur le bas-côté, poussa la moto dans un ravin et grimpa à flanc de montagne pour rejoindre le sommet du col. Sous ses pieds, de petits éboulis de roches se formaient. Elle trébucha à plusieurs reprises, sans pour autant ralentir. *Ils* se rapprochaient trop et trop vite. Bientôt, le bunker ne serait plus un abri sûr. Et si jamais ils donnaient l'assaut avec sa fille à l'intérieur ? Cette pensée la terrifia. Elle ne pouvait plus espérer rester cachée sous terre le temps de se faire oublier, désormais. C'était devenu trop dangereux. Il lui fallait un plan B.

Au fur et à mesure qu'elle progressait vers le sommet, des névés apparaissaient sur son chemin. Parvenue à 2000 mètres d'altitude, elle commença à s'enfoncer dans la poudreuse. Des flocons givrés s'accrochaient à ses cheveux et ses semelles laissaient de profondes empreintes dans le manteau neigeux, mais elle n'en avait cure. Tout ce qu'elle voulait, c'était rejoindre sa fille. Faux : en fait, ce qu'elle voulait le plus au monde à l'instant présent, c'était que rien de tout ça ne soit jamais arrivé. Tous ces morts… Et maintenant un contrat sur sa tête. Comment avait-elle fait pour se trouver embarquer dans un tel jeu de massacre ? Comment avait-elle pu entraîner Emilie avec elle ? Comment avait-il pu ne pas *tout* prévoir ?

Quand elle avait réussi à créer pour l'IRSEM des nanoparticules aimantées capables de provoquer à distance une explosion d'une énergie de dix kilotonnes et plus, jamais elle n'avait songé que le Dr Simon détournerait un jour son invention pour tenter d'injecter ces nanoparticules dans des organismes vivants.

La technologie que Fred avait développée était conçue pour détruire avec une précision millimétrique des infrastructures ou du matériel ennemi sans pertes humaines, ou tout du moins sans perte civile. L'enjeu principal avait été de réussir à coupler des billes nanoscopiques d'aluminium et d'oxyde de cuivre avec une balise GPS, le tout dans un minuscule système embarqué. Plus sélectives que n'importe quel missile téléguidé et plus discrètes que n'importe quel autre système d'armement, ces microbombes pouvaient être géo-localisées et activées par satellite de n'importe quel endroit sur la planète mais surtout, à n'importe quel instant. Stables, ultra légères, programmables, elles étaient aussi facilement transportables par un drone que dans la poche d'un vêtement. La fiabilité du dispositif était censée permettre des interventions propres et rapides, avec un minimum de dégâts collatéraux. De véritables « *frappes chirurgicales* », loin du mensonge médiatique qui consistait à faire passer un missile d'une tonne pour une arme de précision. Fred avait calculé que la technologie qu'elle avait créée pourrait réduire de 80% les pertes humaines au cours d'une guerre.

Mais Erwan Simon, lui, avait d'autres ambitions… Des ambitions qui l'avaient transformée en meurtrière… Pire, en tueuse d'enfants…

Elle avait cherché d'autres solutions, désespérément cherché nuit et jour, durant des mois, mais avait dû se résoudre à passer à l'action quand la date des essais avait été arrêtée.

Il n'y avait plus aucun retour en arrière possible : les deux garçons étaient condamnés, de toute façon. Une fois les nanoparticules en circulation dans le flux sanguin, les récupérer ou les détruire sans sacrifier leurs porteurs était impossible et le projet Wotan était classé secret-défense.

Conformément aux directives de la Haute Autorité, le Dr Simon n'avait prévu de laisser aucun témoin derrière lui après cette expérience. Sous couvert de vacciner sa femme, ses deux fils et l'équipage contre les maladies tropicales pour de simples vacances en famille, il avait injecté dans leur organisme les nanoparticules électroniques qui permettraient de les transformer en bombe humaine l'instant venue. Une simple commande numérique suffirait à déclencher les explosions. Des tests avaient déjà été effectués avec succès sur des souris. Si les premiers essais sur des êtres humains s'avéraient concluants, les applications militaires seraient infinies et redoutables : lors de missions sensibles, les soldats tombés aux mains de l'ennemi pourraient être éliminés par leur propre commandement avant d'avoir livré la moindre information stratégique... des prisonniers de guerre seraient utilisés comme Cheval de Troie pour détruire les rangs adverses... des otages encombrants pourraient être sacrifiés à distance... en opex, les populations civiles pourraient être inoculées sous prétexte de soins ou d'aide humanitaire... de jeunes enfants en détresse pourraient servir de leurre pour attirer les combattants dans des pièges mortels... des animaux, à l'instar des dauphins-commandos ou des chiens-bombes utilisés pendant les grands conflits mondiaux, pourraient être dressés à détruire des chars, des navires ou des batteries de missiles sol-air en missions kamikaze... Des millions d'êtres vivants seraient transformés à leur insu en bombes télécommandables.

Aucune guerre n'était propre, Fred le savait mieux que quiconque, mais jamais l'expression « chair à canon » ne lui avait paru plus littérale que le jour où elle avait découvert quel projet dément poursuivait le Dr Simon.

Comment cet homme pouvait-il être cynique au point de sacrifier sa propre famille pour créer l'arme la plus *sale* de la planète ?

Sale, oui, c'était le premier mot qui lui était venu à l'esprit quand elle avait vu jubiler le Dr Simon devant les bouts de chairs sanguinolents qui obscurcissaient les parois en verre trempé du terrarium. De la souris blanche qui l'abritait ne restait plus qu'une bouillie infâme. Fred avait alors dit à son chef de laboratoire que c'était de la folie, qu'il devait arrêter sur le champ ses travaux in vivo, que c'était malsain, dangereux, que quelqu'un pourrait avoir l'idée de tester ce dispositif sur des êtres humains et que ça ne devait jamais, *jamais* arriver. Erwan Simon l'avait dévisagée d'un air incrédule, semblant considérer que sa réaction était naïve et disproportionnée :

« C'est le but, voyons ! Imaginez-vous que mon ambition soit de faire imploser des rongeurs ? Autant les placer directement dans une micro-onde ! s'était-il esclaffé. Soyons sérieux, Weiss, vous et moi sommes en passe de créer l'arme absolue. Mieux que des androïdes de dernière génération, de véritables détonateurs humains téléguidés ! Aucune fouille au corps, aucun radar, aucun système de détection au monde ne pourra les arrêter. Vous rendez-vous compte ? »

Oui, elle se rendait compte. Et fut horrifiée d'apprendre que la Haute Autorité avait décidé de financer ces travaux. Elle avait commis une erreur monumentale, qui risquait de coûter la vie à des milliers, voire à des millions d'innocents dans le monde. Simon était fou et elle avait ouvert devant lui la boîte de Pandore.

XXVII

Jeudi 28 décembre 2023, Aubagne, quartier
résidentiel.

Dans l'appartement de sa fille, tout comme les
pompiers avant lui, Gilbert ne trouva aucune trace de
désordre. Il ne trouva pas non plus son sac, son
téléphone portable ou ses moyens de paiement.
Justine et la fille de son défunt mari s'était
volatilisées. La dernière fois que la jeune femme avait
été aperçue, c'était par ses collègues de travail alors
qu'elle quittait son bureau le mercredi 8 novembre à
17h. Sa voiture était restée sur le parking, verrouillée,
sans effet personnel à l'intérieur ni clef sur le contact.
Garée sur un emplacement situé à l'arrière des
bâtiments, personne avant aujourd'hui n'avait
remarqué qu'elle n'avait pas bougé depuis un mois et
demi. Gilbert avait longuement échangé avec les

deux courtiers qui partageaient le cabinet d'assurance de sa fille, malheureusement ceux-ci ne lui avaient rien appris de plus. Aucun d'eux ne s'était inquiété de ne plus la croiser, car chaque collaborateur avait son propre portefeuille clients et gérait son propre emploi du temps. Il leur arrivait donc fréquemment de ne pas se croiser durant plusieurs semaines.

Gilbert s'assit au bord du lit, les coudes sur les genoux, découragé. Il avait retourné tout l'appartement, vidé les tiroirs, les placards, la penderie, regardé sous les meubles, épluché les factures, fouillé dans son ordinateur, sans trouver le moindre indice. Rien dans l'état du logement n'indiquait un départ précipité. Quant aux courriels, ils ne révélaient rien de suspect non plus : relances clients, billetterie, spams, échanges de banalités entre amis, achats en ligne etc.

Il avait envoyé un email à tout son carnet d'adresses, comme une bouteille à la mer, pour expliquer à ses correspondants qu'elle avait disparu et les supplier de le contacter par téléphone s'ils avaient la moindre information à son sujet. Sur la cinquantaine de messages envoyés, il n'avait eu que trois retours, dont un seul appel.

Les deux emails reçus étaient de simples formules

de politesse, de type « Désolés, nous aurions aimé pouvoir vous aider, bon courage ». L'appel téléphonique provenait d'une certaine Manon, amie de Justine, qui s'inquiétait elle aussi de ne plus avoir de ses nouvelles depuis environ un mois. Elle non plus n'avait noté aucun changement dans le comportement ou le quotidien de la jeune femme avant sa disparition. Gilbert lui demanda si, à sa connaissance, Justine avait pu récemment rencontrer un homme, mais Manon lui répondit par la négative. Lors de leurs soirées entre amis, Justine n'était jamais accompagnée et n'avait jamais évoqué le moindre flirt depuis le décès de Benoît un an plus tôt. Gilbert la remercia et lui promit de la tenir au courant s'il apprenait quoi que ce soit de nouveau.

Après avoir raccroché, il se passa une main sur le visage, récapitulant une fois de plus les éléments en sa possession.

Justine avait disparu le 8 novembre à la sortie de son bureau. Emilie, la fille de Benoît, était portée disparue depuis le même jour au matin, puisqu'elle n'avait pas été déposée à l'école. Justine n'avait pas de relation amoureuse, ses amis et ses collègues de travail n'avaient rien remarqué d'anormal, elle n'avait pas de dettes, pas d'ennemis connus, se couchait et se levait tôt. Gilbert avait pu accéder à son fichier clients, mais les affaires qu'elle traitait au moment de sa disparition étaient de simples conflits de voisinage au sujet d'une clôture trop haute, de la construction d'une piscine ou d'un droit de passage inaccessible. Pas de quoi organiser un enlèvement ou un… « meurtre ». Le mot était lâché. Au fond de lui, il avait la conviction profonde que sa fille était décédée. Il espérait seulement que la fillette était quelque part en vie et en sécurité. Chose étrange, il avait retrouvé dans les affaires de Justine les coordonnées de la mère, une certaine Frédérique, mais cette dernière ne répondait ni à ses appels, ni à ses emails.

En même temps, qu'attendre d'une femme qui avait refusé d'élever son propre enfant et n'avait pas voulu en récupérer la garde à la mort du père ?

Dans le fond, son désintérêt pour le sort de la petite collait bien au personnage.

Quelque chose dans ce silence le perturbait malgré tout, comme un sombre pressentiment. Gilbert avait été on ne peut plus pressant dans les messages qu'il avait laissés sur ses messageries vocale et électronique. Pourquoi ne se manifestait-elle pas ? Au moins pour le rassurer… Ou lui faire part de sa propre inquiétude… Ou lui poser des questions… A moins que son silence n'ait quelque chose à voir avec la disparition de Justine et Emilie ? Mais quoi ? Etait-elle responsable de leur disparition ? Avait-elle disparu elle aussi ? Avaient-elles toutes les trois été enlevées ? Tuées ? Par qui ? Dans quel but ?

Il se passa une main sur le visage. C'était absurde. Cette histoire n'avait ni queue ni tête.

Gilbert se faisait aussi beaucoup de souci pour Monica, restée à Strasbourg avec son auxiliaire de vie. Elle était dans un état d'agitation extrême. A chaque fois qu'il l'avait au téléphone, elle inventait de nouveaux scénarii tous plus rocambolesques les uns que les autres.

Dans l'un d'entre eux, Justine avait été témoin par hasard d'un crime perpétré par des gens de la pègre et éliminée par la mafia. Dans un autre, elle avait été exfiltrée vers les pays du Golfe par un réseau de traite des blanches. Dans un troisième, elle avait été confondue avec la fille d'un riche industriel et avait été séquestrée dans un sous-sol en échange d'une rançon. Le scénario le plus ridicule ressemblait au script d'un mauvais polar : Justine était en réalité un agent secret et avait été contrainte de mettre en scène sa disparition pour assurer sa sécurité, comme Xavier

Dupont de Ligonnès d'après le livre écrit par sa sœur. Gilbert avait toujours trouvé la passion de sa femme pour les romans policiers et le *True Crime* passablement malsaine. C'était encore plus vrai à présent que leur propre fille avait disparu et que l'esprit de Monica, abreuvé de séries noires, battait la campagne. Monica avait toujours été influençable. Si sa passion avait été la littérature fantastique ou la science-fiction, elle aurait sans nul doute décrété que Justine avait été enlevée par de petits hommes verts venus d'ailleurs.

Pour l'heure, Gilbert n'avait aucune fichue idée de ce qui avait bien pu arriver à sa fille et à la gamine. D'autant que ni la police, ni la gendarmerie ne prenait cette affaire au sérieux. Une jeune femme de 25 ans et une fillette de 4 ans avaient disparu dans la nature du jour au lendemain en pleines fêtes de Noël et les autorités, pourtant alertées, ne semblaient pas s'en préoccuper.

XXVIII

Jeudi 28 décembre 2023 à 23h, Digne-les-Bains centre, rue déserte.

Il avait fallu à Maxime plus de deux heures pour se débarrasser de ses liens au prix de contorsions douloureuses.

Lorsqu'il s'était aperçu que ses chaussures n'étaient plus dans l'appartement, il s'était senti furieux et humilié. Il était en chaussettes, comme un con en plein centre-ville, à 500m à pied de sa voiture. Il avait d'abord pensé appeler son chef de service pour demander à ce qu'on lui envoie quelqu'un avec une autre paire de grolles, mais il serait alors devenu la risée de ses collègues. Non seulement il s'était fait braquer et ligoter par sa cible, mais en plus elle lui avait volé ses pompes ! C'était pour éviter de se ridiculiser de la sorte qu'il avait finalement décidé d'attendre la tombée de la nuit afin de regagner discrètement son véhicule (en évitant les merdes de chien sur le trottoir, avait-il pensé, fou de rage).

Il se glissa derrière le volant, roula jusqu'au parking du Centre Commercial le plus proche, où se trouvait un magasin de sport, et attendit l'ouverture de ce dernier dans l'habitacle. Les munitions n'étaient pas un problème, car il en avait plein le coffre, mais il lui fallait absolument une nouvelle paire de chaussures.

La température était descendue en dessous de 0 et et il laissa tourner le moteur une bonne partie de la nuit pour se réchauffer. Ses orteils se recroquevillaient sur le plancher. Tandis qu'il attendait le lever du jour, il se refit le film des événements dans sa tête. *Elle* qui rentre dans le Cyber Café, lui qui ne quitte pas des yeux la porte d'entrée, *elle* dans son dos, un revolver pointé sur lui. Elle avait forcément quitté le commerce par une sortie de secours, mais comment et à quel moment l'avait-elle repéré ? Et comment avait-elle réussi à entrer dans l'appartement sans qu'il n'ait rien entendu ? Il était à présent convaincu que la fille n'était pas ce qu'elle prétendait être. Ou tout du moins celle que ses commanditaires avaient décrite dans leur dossier.

Maxime n'était pas un bleu, seul quelqu'un de surentraîné aurait pu le neutraliser de la sorte. Cette petite blonde, qui ne payait pourtant pas de mine, avait été formée au combat, mais par qui ? Elle faisait nécessaire partie d'un commando militaire ou d'une milice, mais de quel pays ? A moins qu'elle ne soit une mercenaire à la solde d'une armée dissidente ? Ou un agent double ?

« Qui es-tu ? », murmura-t-il dans l'obscurité.

XXIX

Vendredi 29 décembre 2023, 10h au méridien de Greenwich, Jérusalem Est.

Amos présenta au guichet de la Western Union son numéro de transaction et sa pièce d'identité. Il récupéra la somme de 1000 euros, équivalent à environ 4000 shekels.

Ce second transfert devait servir à faire établir de faux papiers pour l'arrivée prochaine de sa fille et sa petite-fille. Frédérique ne lui avait pas donné de détails, mais il savait qu'elle travaillait pour le gouvernement français et qu'elle encourait un grave danger. Il n'avait pas besoin d'en savoir plus pour suivre ses instructions à la lettre. Le premier message éphémère reçu sur WhatsApp un mois plus tôt disait « Besoin d'un coup de main pour organiser les vacances ». Le message n'était rattaché à aucun numéro de téléphone, mais à une adresse courriel temporaire. Malgré l'absence de signature, Estelle et lui avaient échangé un regard lourd de sens, avant d'envoyer en retour « OK. Dis-nous comment. ».

Ancien diplomate, Amos Weiss redoutait ce moment depuis le premier jour où sa fille avait décidé de mettre ses compétences au service de l'Armement de son pays.

Elle était intelligente, volontaire et intègre. Trop intègre pour ne pas finir par se rebeller contre la corruption, le mensonge et le cynisme des chefs de guerre. Amos aimait sa fille, non pas *malgré* mais *pour* sa personnalité complexe, jugée froide ou abrupte par beaucoup. Il admirait son sens de l'observation, sa logique cartésienne, l'extrême vivacité de son esprit, mais aussi l'intransigeance brute (d'aucuns auraient parlé de psychorigidité) de ses convictions. C'était ce qui la portait et la perdait en même temps.

Il avait remarqué dès son tout jeune âge sa faculté à se passionner pour un seul et unique sujet pendant des semaines, à la limite de la monomanie. Elle comptait et recomptait les pétales de chaque fleur, s'émerveillait du fait que les marguerites avaient chacune vingt et un grands pétales, eux-mêmes divisés en cinq petits pétales superposés, soit cent cinq fleurons agencés autour des spirales du cœur selon le concept mathématique de la suite de Fibonacci.

Plus grande, Frédérique se passionnait pour les livres d'histoire, la révolution industrielle, la conquête de l'espace et la vie des grands inventeurs. Elle connaissait par cœur une foultitude de dates et de détails, dont les historiens eux-mêmes auraient été bien en peine de se souvenir.

Adolescente, elle concevait des programmes domotiques pour connecter entre eux les objets de la maison. Lorsque les époux Weiss regagnaient leur domicile, ils avaient l'impression de visiter le Futuroscope. Des robots clignotaient, une enceinte leur parlait, les stores, les lampes, la télévision, l'électroménager avaient une vie propre. Frédérique était exceptionnellement douée et inventive. Pour couronner le tout, elle était jolie comme un cœur. Très courtisée par les garçons de son lycée, elle ne leur manifestait en retour que peu d'intérêt, au grand soulagement d'Amos. Elle avait obtenu son Baccalauréat scientifique avec mention Excellent à l'âge de 16 ans. Lorsqu'elle avait intégré dans la foulée l'Institut National des Sciences Appliquées de Lyon, elle s'était rapidement dirigée vers les filières spécialisée du Génie Industriel et de la Mécatronique.

C'est au cours de ce cursus qu'elle avait rencontré Benoît, un étudiant de trois ans son aîné, qui partageait sa passion pour la nano-robotique. C'était un grand jeune homme dégingandé, avec de petites lunettes rondes à la John Lennon et une addiction marquée aux écrans… et à Fred. Amos se souvenait très bien du regard plein d'admiration que l'étudiant posait sur sa fille au cours de leurs repas de famille. Il était amoureux, ça se voyait comme le nez au milieu de la figure. Amoureux, tendre et protecteur : un père ne pouvait rêver mieux pour son enfant unique.

Quand Amos décida de retourner s'installer avec sa femme à Jérusalem pour y vivre une retraite paisible, il ne fut pas inquiet, bien que chagriné, de laisser Frédérique poursuivre ses études en France. Les époux Weiss avaient confiance en elle et en Benoît, un garçon sérieux, honnête, promis à un bel avenir professionnel. Apprendre deux ans plus tard que Frédérique étaient enceinte de lui les avait comblés de bonheur.

Amos empocha l'argent et quitta l'agence, son Borsalino sur la tête. Garée le long du trottoir dans une Genesis blanche flambant neuve, sa femme l'attendait, les mains crispées sur le volant. Frédérique était leur fille unique, leur plus grande fierté, mais surtout ce qu'ils avaient de plus précieux au monde avec leur petite-fille. Estelle et lui auraient sacrifié leur propre vie sans hésiter pour les sauver.

XXX

Vendredi 29 décembre 2023 à 9h31, Digne-les-Bains, zone industrielle St Christophe, Centre Commercial.

« Excusez-moi !

L'adolescent s'était approché, l'air suspicieux.

Pouvez-vous allez demander à un vendeur de venir me voir sur le parking, s'il-vous-plaît ?

-    Heu… Oui, pas de problème.

-    Merci, jeune homme. »

Maxime patienta au volant de son Opel Astra, vitre baissée. Au bout de deux ou trois minutes, un jeune boutonneux avec le T-Shirt du magasin vint à sa rencontre :

« Puis-je vous aider, monsieur ?

Max lui tendit un billet de 20 euros :

-    Ça, c'est pour vous.

-    En quoi puis-je vous aider ? répéta le vendeur

sans prendre l'argent.

- Je ne peux pas sortir de ma voiture car je suis handicapé. Vous me rendriez un grand service en allant me choisir une paire de baskets montantes en cuir noir taille 43. Peu importe le modèle, je vous fais confiance.
- Comment comptez-vous régler ? demanda l'employé sur un ton poli.
- Par carte bleue.

Cette fois, le jeune homme empocha le billet :

- Je vais vous chercher plusieurs modèles et vous choisirez. Avez-vous un budget ?
- Non, mais je suis un peu pressé.
- D'accord, monsieur, je reviens au plus vite. »

Maxime attendit à nouveau, le bras à la portière. Au fur et à mesure que les secondes s'égrenaient, il tapotait impatiemment sur la carrosserie de ses ongles courts et nets. Enfin, le vendeur revînt avec trois boîtes à chaussures. Max les ouvrit, choisit une paire au hasard et prépara sa carte bleue.

« Vous ne voulez pas les essayer ?

- Ce ne sera pas nécessaire. »

Il glissa sa Visa dans le lecteur, tapa son code confidentiel et entendit aussitôt un bip-bip désagréable. La mention « paiement refusé » venait de s'afficher sur l'écran. Il recommença l'opération, avec le même résultat.

« Je vais payer en liquide, dit-il finalement en sortant une liasse de billets de son portefeuille. Gardez la monnaie ».

Après avoir payé et enfilé ses baskets neuves, Maxime se connecta sur l'appli de sa banque en ligne pour vérifier ce qui clochait. Il fut surpris de constater que son solde était débiteur : un prélèvement en ligne de 649 euros avait été effectué la veille sur son compte courant au bénéfice d'une agence de location de 2-roues.

« La fille ! pensa-t-il aussitôt. Mais comment… ? », se demanda-t-il en tournant et retournant sa Visa Electron entre ses doigts.

Elle n'avait pas de téléphone portable et n'avait pas non plus volé le sien : prendre un cliché de sa carte lui aurait été impossible. Il ne se rappelait pas non plus l'avoir vu écrire ou recopier quoi que ce soit sur du papier.

Et soudain, un des éléments du dossier lui revint : la chercheuse avait une « mémoire photographique ».

Il hocha la tête pour lui-même, posa ses pouces sur l'écran de son cellulaire pour faire opposition sur son compte, navigua un instant dans son espace client et remit enfin le contact. Il savait qu'il cherchait désormais une femme qui se déplaçait à moto ou à scooter. Ne lui restait plus qu'à appeler le loueur pour connaître le modèle exact, la couleur et, surtout, savoir si l'engin était équipé d'une balise GPS permettant sa localisation.

XXXI

Vendredi 29 décembre 2023 à 10h48, Marseille, Institut de Recherche Stratégique de l'Ecole Militaire

Louvier raccrocha son téléphone, abasourdi par la nouvelle. Mis à pied, il allait être déféré devant un tribunal militaire pour complicité de crimes contre les intérêts fondamentaux de la Nation. Il lui était reproché d'avoir sciemment dissimulé les exactions de Weiss pour défendre ses propres intérêts. Au lieu d'informer immédiatement le Ministère de la Défense de l'attentat qui avait coûté la vie au Dr Simon, le Major avait cherché par tous les moyens à étouffer l'affaire. Il avait laissé le champ libre à Weiss pendant près de deux mois, lui permettant ainsi d'accéder à des bases de données secret-défense, de détruire des installations stratégiques et de divulguer des secrets d'Etat. La procédure disciplinaire serait rapide et impitoyable.

Il avait pourtant toujours défendu son pays avec ferveur. Il avait même été décoré de la Médaille Militaire trente ans plus tôt durant la guerre du Golfe, après avoir été blessé lors d'une opération commando au Koweit. Il caressa l'insigne sur le revers de sa veste d'un geste rêveur. Il avait commis une erreur de jugement, une seule erreur en quarante années au service de la patrie, mais c'était ça que l'histoire retiendrait. Le Major Eugène Louvier avait espéré jusqu'au bout que tout rentrerait dans l'ordre sans vagues et sans dommages pour son honneur. Il avait voulu sauver sa fin de carrière. Il avait tout perdu.

Il sortit son pistolet de service de sous le bureau, l'arma et introduisit le canon dans sa bouche. Le bruit de la détonation retentit à travers tout le bâtiment.

XXXII

Vendredi 29 décembre 2023 à 11h52, Lyon, quartier
de la Part-Dieu.

Sandrine, installée à la terrasse d'un café, regardait
passer les voyageurs. Le bruit des valises à roulettes
sur le trottoir lui rappelait les dernières retrouvailles
avec son époux, militaire du rang actuellement en
mission au Proche Orient. Maxime était un bon mari
et un bon père, mais il était souvent amené à
s'absenter sur de longues périodes pour effectuer des
manœuvres à l'étranger. La dernière fois qu'il était
rentré à la maison, c'était pour l'anniversaire de leur
fille Lola, quatre mois plus tôt. S'il n'avait pas pu
passer les fêtes de Noël en famille, il espérait être
auprès d'elles pour le réveillon de la Saint Sylvestre.
Dans l'intervalle, il leur téléphonait quotidiennement.
Le matin de Noël, il avait appelé sa fille en Visio pour

assister en direct au déballage des cadeaux. Il avait même tenu à ce qu'elle essaie son tapis de danse connecté face caméra et l'avait félicitée pour sa toute première chorégraphie au son de *Dua Lipa*.

Oui, Maxime était un merveilleux papa, sans doute parce qu'il savait ce qu'impliquait le fait de grandir sans parents. Gamin de la DASS, balloté de foyers en familles d'accueil, il s'était engagé dans l'armée de terre à l'âge de 18 ans et y avait trouvé une seconde famille.

Quand Sandrine l'avait rencontré chez des amis communs deux ans plus tard, il rentrait d'une mission au Kosovo. Ils avaient eu un véritable coup de foudre, comme dans les romans et les films à l'eau de rose.

Moins d'un an plus tard, ils étaient mariés et, dès l'année suivante, Lola pointait le bout de son petit nez. Le couple avait fêté leurs noces d'étain l'an dernier, mais leur amour n'avait pas faibli depuis le jour de leur première rencontre. Au contraire, la naissance de Lola avait renforcé leur complicité.

Bien sûr, Sandrine était toujours inquiète quand elle le laissait sur le quai d'une gare ou à la salle d'embarquement d'un aéroport, mais elle essayait de ne pas le montrer. Même si son homme s'enfuyait régulièrement loin d'elle, même si elle tremblait de ne pas le voir rentrer un jour, elle respectait profondément son engagement au service de la patrie. Maxime était peu bavard quant à la nature de ses missions, mais la jeune femme ne cherchait pas à forcer son silence. Elle se doutait qu'il devait vivre des situations stressantes, voire traumatisantes, être parachuté sur le théâtre d'opérations secrètes ou n'avoir tout simplement pas envie de ramener son boulot à la maison. En famille, il était toujours de bonne humeur, patient, disponible et attentif. Qu'il soit parti quelques jours ou plusieurs mois, il revenait toujours les bras chargés de cadeaux pour sa famille. Mari et père idéal, il changeait les ampoules au plafond et les joints des robinets, offrait des fleurs à son épouse en toute occasion, aidait Lola à faire ses devoirs, l'emmenait au cinéma et au fast-food quand elle n'avait pas école.

Le garçon vint encaisser son eau minérale et elle lui laissa un euro de pourboire. Elle aimait à s'asseoir ici, sur une des chaises en rotin de l'établissement, pour regarder la foule qui allait et venait à l'entrée de la gare. C'était son rituel du samedi midi, avant d'aller chercher sa fille à l'école élémentaire du Saint Sacrement. Il faisait incroyablement doux pour la saison.

Elle prit son sac à main, se leva gracieusement, rajusta sa jupe sur ses cuisses et regarda vers le ciel. Malgré le bleu d'azur au-dessus de sa tête, de légers nuages voilaient ses pensées. Ces deux derniers jours, Maxime s'était montré distant à l'autre bout du fil. Elle le devinait inhabituellement soucieux et espérait qu'il ne lui cachait rien de grave. La veille au soir, juste avant de raccrocher, elle n'avait pu s'empêcher de lui demander de faire tout son possible pour ne pas se mettre en danger. Il lui avait dit de ne pas s'en faire, elle avait répondu « je t'aime », il avait à son tour répondu « je t'aime », puis ils avaient raccroché en même temps.

XXXIII

Vendredi 29 décembre 2023 à 15h44, La Foux d'Allos, Alpes de Haute-Provence.

Maxime avait repéré deux heures plus tôt la moto en contrebas de la route du Col. Il était descendu à pied dans la vallée, avait constaté l'absence de corps, de sang, de traces de pas aux environs et en avait déduit que l'engin avait été précipité dans le vide de manière intentionnelle.

En tentant de faire disparaître le véhicule - une roadster 4 cylindres de marque Honda - la fille espérait sans doute couvrir sa fuite. Il remonta vers la route, enjamba la glissière de sécurité et scruta les montagnes.

Où avait-elle bien pu aller ? Avait-elle été prise en stop ? La route était un cul de sac au bout duquel ne se trouvait que des estives et des chemins piétonniers.

Il fronça les sourcils, s'accroupit à même le bitume et examina les traces de pneus sur la voie de droite. Hormis la moto, aucun véhicule ne semblait s'être arrêté à ce niveau. Il se redressa, mains sur les hanches et fit un tour complet sur lui-même. Il commençait à envisager sérieusement qu'elle ait pu s'enfuir par les airs, peut-être en parapente, quand il remarqua un éboulement rocheux sur le versant nord. Il traversa la chaussée, escalada l'ubac sur quelques mètres et repéra un tracé en diagonale dans la terre argileuse. Sans doute s'agissait-il d'un passage d'animaux – loups, chevreuils, chamois et bouquetins n'étaient pas rares, dans le coin - mais il décida tout de même de suivre la piste sur quelques mètres à la recherche d'une confirmation. Au fur et à mesure qu'il progressait, il ne trouva pas le moindre indice d'une présence animale; aucune touffe de poils, aucune crotte fraîche, aucune touffe de végétation arrachée.

Il continua de grimper jusqu'aux premières neiges, puis se figea. Devant lui, bien nette sur le sol immaculé, se trouvait une empreinte de pas. Il s'agenouilla pour mieux observer le dessin de la semelle. Le crantage était caractéristique de chaussures de randonnée et il estima la pointure à une taille 38. Maxime se redressa enfin, le regard porté vers l'horizon. Il distingua sous la réverbération du soleil une piste parfaitement nette. Il examina les marques oblongues laissées à intervalles réguliers dans la poudreuse : le pied gauche s'enfonçait moins profondément que le droit et laissait à chaque fois une légère traînée derrière lui. Le gérant du Cyber Café ne s'était pas trompé : elle était blessée.

Cette fois, il la tenait, mais il devait se dépêcher avant qu'une nouvelle chute de neige ne vienne tout recouvrir.

XXXIV

Nuit du vendredi 29 décembre au samedi 30 décembre 2023, Col de la Sestrière, Alpes de Haute-Provence.

Fred étala devant elle une carte d'Europe et ouvrit par-dessus un guide de randonnées des Alpes du sud. Munie de feutres de couleur, elle surligna trois itinéraires, entoura de rouge les postes-frontières, de bleu les aérodromes, de jaune les gares routières et ferroviaires, et finit par corner une page au beau milieu du guide. Le bunker était situé à 41 km à pieds de la ligne de crête derrière laquelle se trouvait le versant italien. Une fois arrivée à Turin, elle prendrait le bus en direction de la frontière suisse. 41 kilomètres à parcourir dans la neige avec une enfant de 4 ans, c'était tout sauf une promenade de santé, mais elle n'avait plus le choix. Si elle parvenait jusqu'à l'héliport de Zermatt, en Valais, elle pourrait alors gagner l'aéroport international de Genève et s'envoler pour Tel-Aviv après une escale à Zurich.

Lili étranglait innocemment Noël, son ours en peluche, tandis qu'elle somnolait sous une couverture polaire. Fred ne tarderait pas à la rejoindre dans leur petit lit simple pour leur dernière nuit sous terre, mais avant ça, elle devait inventorier une dernière fois toutes ses options de fuite. Plan A, plan B, plan C, plan D… Aucune hypothèse ne devait être écartée. La Suisse ne faisait pas partie de l'espace Schengen et n'avait signé aucun accord de coopération avec l'Union Européenne dans le domaine des visas, mais la liaison France-Italie à travers la montagne, puis Italie-Suisse par la route, était un parcours à haut risque.

Il était un peu plus de minuit quand Frédérique, épuisée, se glissa sous les couvertures aux côtés de sa fille. L'enfant se roula instinctivement en boule pour mieux se pelotonner au creux du ventre de sa mère.

« Bonne nuit, maman », marmonna-t-elle d'une voix ensommeillée.

Fred serra dans ses bras le petit corps tiède et l'embrassa sur la joue :

« Bonne nuit, mon ange… »

Au dehors, la neige continuait de tomber à gros flocons. Un chamois piétina un instant au-dessus du bunker, grattant et tapant du sabot à la recherche de végétation sous la couche d'eau cristallisée. Un léger craquement lui fit redresser la tête, narines palpitantes, et il s'enfuit en quelques bonds gracieux à travers la poudreuse.

Fred dormait profondément quand elle fut réveillée en sursaut par un bruit de cavalcade dans le sous-terrain. Elle se redressa dans le lit pour s'apercevoir que des silhouettes noires, casquées et armées de fusils d'assaut, la braquaient dans l'obscurité. Le *clac-clac* coordonné des culasses résonna dans la pièce. La jeune femme hurla aux ombres qui l'encerclaient de ne pas tirer, mais n'eut pas le temps de se coucher sur le corps de sa fille. Le premier impact de balle la projeta hors du lit. Elle chuta sur le béton, l'épaule en feu.

« Maman ! Mamaaaaan ! »

Les cris d'Emilie lui parvenaient de très loin. La douleur dans son épaule était intense, mais supportable. Elle décida de ne pas chercher à se relever, dans l'espoir qu'aucune autre balle ne soit tirée en direction du lit.

« Je vous en supplie, ne tirez plus, il y a une enfant, dans le lit !

- Maman ! A qui tu parles ? »

Les hommes ne répondirent pas. Peu à peu, les silhouettes menaçantes semblèrent s'évaporer dans la nuit noire.

« Maman ! Tu t'es fait mal ? »

Fred cligna des yeux plusieurs fois, scrutant la pénombre dans un silence absolu. Assise, par terre, elle porta la main à son épaule droite, mais n'y trouva aucune blessure.

Elle comprit qu'elle avait fait un cauchemar. La douleur dans son épaule venait du fait qu'elle avait atterri dessus quand elle avait basculé hors du lit.

« Tu t'es fait mal, maman ? », redemanda une petit voix inquiète.

Frédérique s'humecta les lèvres. Elle avait la salive en coton.

« Non, ça va. J'ai juste fait un mauvais rêve.

- Tu veux que je te fasse un câlin ?

- Pas maintenant, Lili », répondit Fred avec plus de brusquerie qu'elle ne l'aurait voulu.

La fillette se recroquevilla sous les couvertures, tandis que sa mère se levait pour retirer son T-Shirt et son pantalon de coton trempés d'une sueur glacée.

Fred alla prendre une douche chaude, se sécha rapidement, enfila une tenue propre, but un verre d'eau dans la cuisine, puis resta penchée sur le plan de travail, le souffle court, les membres encore tremblants. Elle redressa la tête, posa une main sur son ventre et entreprit de faire un exercice de relaxation. Au bout d'une minute entière, elle parvint enfin à reprendre le contrôle de sa respiration et retourna se glisser dans les draps aux côtés de sa fille.

« Lili, veux-tu que je t'apporte à boire ou que je t'accompagne aux toilettes ?

De gros sanglots lui répondirent.

Eh ! Tout va bien, ma puce. Il ne faut pas avoir peur, c'était juste un cauchemar. »

Mais Lili continuait de pleurer à gros bouillons. Fred patienta une vingtaine de secondes :

« Pourquoi est-ce que tu pleures ? murmura-t-elle finalement à son oreille.

- Tu n'veux pas que je te fasse de câlin ! cria alors la fillette d'un ton douloureux.

- Oh ! Lili ! répondit la jeune femme sur le même ton. Bien sûr que je veux que tu me fasses un câlin ! C'est juste que je sentais la transpiration, je voulais me laver avant.

Elle serra l'enfant dans ses bras.

Tu veux bien faire un câlin à maman, maintenant ? »

Emilie se retourna dans le lit et passa ses petits bras autour du cou de sa mère. Fred la laissa enfouir son visage dans ses cheveux. A travers les couvertures, elle percevait le battement aligné de leurs deux cœurs.

Elle referma les yeux.

XXXV

Samedi 30 décembre 2023 à 7h28, Col de la Sestrière, Alpes de Haute-Provence.

Fred ramena ses cheveux vers l'arrière et se pencha au-dessus de sa fille.
« Lili…

L'enfant continuait à balancer ses petits pieds chaussés de baskets à scratch sous la table tandis qu'elle enfournait de grosses cuillérées de corn flakes dans ses joues à la façon d'un hamster.

Après le petit-déjeuner, j'aimerais que tu ranges Noël dans ton sac Petite Sirène.

- Pourquoi ? demanda l'enfant, la bouche pleine.
- Parce qu'on va devoir s'en aller.
- Tu seras avec moi ?
- Je n'irai nulle part sans toi.

- Ça veut dire que tu ne me laisseras plus jamais ?

- Plus jamais, je te le promets.

- Papa et Justine aussi avaient promis.

Fred s'efforça de lui sourire :

- Mais moi je suis là. Tu me fais confiance ?

- Oui, répondit l'enfant avec candeur en croquant dans une nouvelle bouchée de céréales. On part quand ?

- Quand tu auras fini de manger. Il faudra que tu sois très courageuse, parce qu'on va devoir beaucoup marcher.

- Il y a encore du vent, dehors ?

- Du vent et plein de neige. Tu vas voir, c'est très joli.

- Comme dans la Reine des Neiges ?

- Oui, comme dans la Reine des Neiges.

- Il va faire très froid, alors.

- Tu n'auras pas froid parce que tu vas mettre tes après-ski pour garder tes pieds au sec, ta doudoune bien chaude, ton bonnet, tes gants et ton écharpe.

- Si je suis fatiguée, tu me porteras ?

- Je te porterai, confirma Fred. Je te porterai le plus souvent possible.

- J'aimais bien être sur les épaules de papa.
-   D'accord. Je te porterai sur mes épaules, alors.
- Mais j'aime bien aussi quand tu me portes aux bras.

Fred lui passa une main dans les cheveux :
- N'oublie pas de mettre Noël dans ton sac. Tu ne voudrais pas le laisser tout seul ici, pas vrai ?

Lili secoua énergiquement la tête.

Je suis certaine que lui non plus. Tu lui manquerais trop ».

Lili attrapa son ourson par les oreilles et lui colla un gros bisou sur la truffe. La capacité des enfants à *passer à autre chose* avait toujours eu pour Fred quelque chose de mystérieux. Pas au sens scientifique du terme, bien entendu - elle savait que leur développement cognitif ne leur permettait pas de rester concentré plus de quelques minutes - mais elle était fascinée par cette sorte de légèreté qu'à titre personnel, elle ne se souvenait pas avoir jamais ressentie.

Emilie n'avait plus posé aucune question sur Justine depuis le soir de Noël. Fred en était soulagée, même si elle savait qu'il lui faudrait ré-aborder le sujet à un moment ou un autre... Si elle survivait assez longtemps pour que ce jour arrive, naturellement…

La jeune femme avala une gorgée de café noir, puis resta immobile, les mains autour de sa tasse, perdue dans ses souvenirs. A la mort de Benoît, Emilie n'avait que deux ans et demi. Fred et lui étaient séparés depuis longtemps déjà, mais ils n'avaient jamais perdu le contact. La jeune femme n'avait pas gardé de souvenir précis de leur rupture. A l'époque, elle était déjà absorbée par son travail et n'avait jamais eu d'appétence pour les rapports charnels. Dès leur rencontre, elle n'avait consenti à avoir des relations intimes avec Benoît que pour lui faire plaisir. Pour elle, le sexe n'était ni agréable, ni désagréable, c'était juste une perte de temps. Et ça l'était devenu encore plus après l'arrivée surprise d'Emilie.

Fred prenait pourtant sa pilule tous les jours avec la régularité d'un métronome et ce type de contraceptif était réputé fiable à 99,7%. Elle avait fait partie des 0,3% de marge d'erreur statistique. Fred n'avait jamais envisagé avoir un enfant, surtout à ce moment de sa carrière, mais Benoît était tellement heureux d'apprendre qu'elle était enceinte qu'elle avait accepté de le garder. La jeune femme n'avait émis qu'une seule condition : que l'enfant à venir vive au domicile du père. Le futur papa avait essayé de la convaincre de venir vivre à ses côtés tout au long de la grossesse, mais pour elle, il n'en était pas question. D'une part, elle ne voulait pas mettre sa carrière professionnelle entre parenthèses, d'autre part, elle refusait de désorganiser son quotidien. Dans son univers, tout était prévu et prévisible. Chaque tâche était consignée dans son planning sans aucune rature et elle n'envisageait pas la maternité sous un angle différent. De la même manière qu'elle gérait ses rendez-vous, ses loisirs, ses déplacements, sa vie de couple et son programme de recherche, elle planifierait ses obligations maternelles sur son agenda. La perspective de devenir mère ne l'effrayait pas, mais ne l'intéressait pas beaucoup non plus. Sa vie tournait autour de son travail : être mère ne serait qu'une activité de plus à intégrer à son emploi du temps, avec de nouvelles règles à respecter.

Emilie était née le premier jour du printemps 2019. Dans la salle de naissance, malgré la présence de Benoît et du personnel médical qui s'agitait autour d'elle, le temps s'était arrêté. Quand la sage-femme avait posé sur son ventre ce minuscule être humain fripé, bruyant, à la peau encore humide mais tellement chaude, Fred avait pensé… Non, elle n'avait pas *pensé*, justement. Pour la première fois de son existence, elle n'avait pas intellectualisé l'instant. Sa peau était entrée en contact avec celle de l'enfant et son cœur avait fait « Waouh ! ».

C'était de la magie.

XXXVI

Samedi 30 décembre 2023 à 8h01, La Ciotat, résidence sécurisée d'un quartier résidentiel.

Rodolphe avait été choqué par la mort du Major, mais plus encore par l'idée qu'un homme de son rang puisse s'ôter la vie à quelques mois à peine de son départ en retraite. Il écarta les cintres alignés dans sa penderie, choisit un costume gris anthracite et le posa à plat sur son lit. Dans la salle-de-bain, sa femme se préparait pour sa journée de travail à l'hôpital de jour. Médecin psychiatre, elle travaillait depuis six ans à l'unité de soins Alzheimer de la ville. Quand elle lui parlait de ses patients, il s'imaginait déjà sénile, manipulé par des aides-soignants brutaux qui lui changeaient sa couche et lui enfonçaient des cuillères de soupe brûlantes dans la bouche à l'heure du dîner.

Personne n'avait envie de finir comme ça.

Il ajusta son col de chemise, resserra son nœud de cravate et enfila sa veste. Bien sûr, il aurait aimé que l'histoire se termine autrement, mais il avait rempli sa part du contrat. La mission qui lui avait été confiée était de retrouver le responsable de l'assassinat du Dr Simon et il l'avait fait. Si les *autres* avaient fait s'écrouler la cascade de dominos derrière lui, il n'y était pour rien.

Quoi qu'il en soit, l'affaire ne le concernait plus, désormais. L'ingénieure Frédérique Weiss avait été condamnée à mort par la Haute Autorité et malgré son habileté à éviter les obstacles, elle finirait par tomber sous les balles d'un de leurs tireurs d'élite. Le Quai d'Orsay était convaincu qu'elle était à la solde d'une armée étrangère, mais Rodolphe savait que c'était faux. Il avait enquêté sur son cas pendant deux mois, vingt-quatre heures sur vingt-quatre et sept jours sur sept, mettant sa vie de couple entre parenthèses, négligeant son sommeil et son alimentation. Il avait perdu seize kilos, mais avait acquis la certitude absolue que la jeune femme agissait seule.

Weiss était une idéaliste. Une anarchiste, une terroriste, une stratège de la destruction, mais une idéaliste. Quand elle avait été emprisonnée, interrogée et soumise aux pires pressions psychologiques, elle n'avait pas lâché la moindre information. Il savait pourtant que Milan, mu par cette insupportable vanité qui lui avait sans doute coûté la vie, n'avait pas ménagé ses efforts pour tenter de la briser. Selon toute vraisemblance, il y avait même pris du plaisir. En vain. Non seulement elle avait refusé de coopérer, mais elle avait réussi à s'évader de la base où elle était détenue sans déclencher le moindre dispositif de sécurité. Il l'admirait presque pour ça. Presque, parce qu'il n'oubliait pas qu'elle était capable du pire pour atteindre ses objectifs. Et qu'elle allait mourir au nom de ses idées, comme le Major était mort au nom de son sacro-saint Honneur.

Vivre, tuer ou mourir pour des idéaux, lui ne le voulait pas. Il ne voulait *plus*. Cette sale affaire avait eu définitivement raison de ses ambitions carriéristes. Il voulait devenir père, voir grandir ses enfants, passer du temps avec son épouse, ses parents et sa belle-famille.

Mourir au travail avant d'avoir pu profiter de ses petits-enfants ou arriver à la retraite tellement usé qu'il ne pourrait rien faire d'autre qu'avaler des antidouleurs cloué dans un fauteuil ergonomique lui était inconcevable. C'est pour cette raison qu'il avait décidé de négocier sa démission pour s'installer à son compte en tant que détective privé. Oui, il se voyait bien détective privé. Il avait les compétences nécessaires et serait son propre patron. Après tout, il n'était pas dans un roman ou un film d'espionnage : retourner à la vie civile ne serait pas si compliqué que ça, il lui suffirait de signer une clause de confidentialité, de rendre son badge, de rassembler dans un carton ses affaires personnelles et de refermer la porte du bureau derrière lui.

Les autres continueraient alors à jouer aux petits soldats et à s'entretuer pour des raisons d'Etat tandis qu'il traquerait le mari infidèle, l'escroc à l'assurance ou l'héritier disparu.

Entre deux filatures, il ferait l'amour à sa ravissante épouse, dégusterait entre amis de délicieux vins vegan et fabriquerait des jouets en bois pour son futur enfant. Peut-être même achèterait-il une maison en banlieue pour cultiver ses propres légumes et permettre à son fils de grandir au contact de la nature. A son fils ou à sa fille, se corrigea-t-il aussitôt, car s'il rêvait secrètement d'avoir un garçon, il était prêt à donner tout autant d'amour à un petit bout de femme si le destin en décidait ainsi.

XXXVII

Samedi 30 décembre 2023, 8h18 au méridien de Greenwich, Jérusalem Est.

Amos n'avait pas fermé l'œil de la nuit. Les trois messages WhatsApp envoyés par sa fille au cours du mois écoulé avaient été brefs et codés. Il n'avait plus entendu le son de sa voix depuis la mi-octobre. Autant qu'il s'en souvienne, rien dans leur dernière conversation téléphonique ne l'avait alerté, ni même intrigué. Frédérique lui avait semblé être dans son état normal, même s'il savait son étrange capacité à cadenasser toute forme d'émotion jusqu'à supprimer les modulations de sa voix. Il ignorait la nature exacte du danger qui la guettait, mais son intuition de père couplée à son expérience de diplomate lui disait que ça n'était pas sans rapport avec ses activités professionnelles.

En vingt-neuf ans d'existence, jamais Frédérique n'avait réclamé quoi que ce soit à ses parents, pas même un biberon quand elle était enfant ! Si elle leur demandait de l'aide aujourd'hui, c'était une question de vie ou de mort, à n'en pas douter. Dans quel pétrin était-elle allée se fourrer ? Qui cherchait à lui faire du mal ? Lui en avait-on déjà fait ? A cette idée, il banda ses muscles et serra les poings, prêt au combat. Il tâta machinalement ses biceps, fier de constater qu'à cinquante ans passés, il pourrait encore en remontrer à des petits jeunes de vingt ans, puis s'avachit soudain sur son siège, conscient du ridicule de la situation. A plus de quatre mille kilomètres de distance, malgré son excellente condition physique et ses relations à travers plusieurs pays monde, il était impuissant.

« Amos…

Il se tourna vers sa femme.

Crois-tu qu'elle est encore en vie ? lui demanda Estelle d'une voix étreinte par l'angoisse.

- Elle est en vie », répondit-il d'un ton calme.

Le visage d'Estelle s'illumina, plein d'espoir :

« Est-ce que tu as eu de ses nouvelles ?

- Elle est en vie, répéta-t-il.

-   Comment peux-tu en être aussi sûr ?

-   C'est notre fille.

Il y eut un long silence.

-   J'en mourrais, s'il lui arrivait quelque chose…

Amos lui sourit :

-   Elle est en vie. Au fond de toi, tu le sais.

-   Oui, admit Estelle, mais j'ai tellement peur…

-   Fais-lui confiance. »

Estelle hocha la tête, les larmes aux yeux. Elle se souvenait de sa fille assise en couche-culotte dans leur jardin français au milieu des fleurs mellifères. A l'ombre du parasol, Frédérique, immobile, observait avec attention le ballet d'un grand papillon jaune au-dessus des bouraches bleu-roi. Estelle sourit à cette évocation. Dans sa mémoire, le bleu des fleurs se mélangeait à celui des yeux de l'enfant.

Frédérique avait toujours été une enfant contemplative, « *dans son monde* », leur avait dit son instituteur de maternelle. Elle ne répondait pas au sourire des adultes, ne pleurait pas quand elle s'écorchait le genou ou se piquait le doigt sur une épine. C'était d'ailleurs cette apparente insensibilité à la douleur qui les avait conduits, Amos et elle, à consulter leur pédiatre.

Après une série d'examens ORL et neurologiques

qui s'étaient avérés normaux, le médecin les avait orientés vers un pédopsychiatre. Ce dernier avait évalué au cours de différents tests ses aptitudes à la logique, à la communication et au langage. Quand il avait évoqué devant eux un trouble du spectre autistique, ils étaient tombés des nues. Amos avait même balayé cette affirmation d'un revers de main rageur dans les airs. A l'âge de trente mois, sa fille faisait montre d'un développement intellectuel particulièrement précoce et maitrisait le vocabulaire d'une enfant de trois ans. Il était inconcevable à ses yeux qu'elle puisse souffrir d'un quelconque handicap mental.

Le médecin avait dû faire preuve de toute sa pédagogie pour expliquer à ce père insurgé que son enfant n'était pas « diminuée », mais simplement « atypique ». Avec patience, le praticien avait pris le temps de répondre à chacune de ses questions. Oui, Frédérique était très intelligente, non, elle n'était pas insensible à la douleur, oui, elle ressentait toute la gamme des émotions humaines… elle éprouvait seulement des difficultés à les exprimer et à les reconnaître chez autrui.

De fait, elle avait mené de brillantes études, mais ne s'était fait que très peu d'amis au fil des années.

Les fêtes d'anniversaire, les flirts, les sorties en boîtes ou même les après-midis shopping entre filles ne l'avaient jamais intéressée. Aux relations sociales, elle préférait la lecture, les recherches sur Internet et ses collections d'objets insolites, tel les mues d'arthropodes, les microprocesseurs ou les notices techniques d'appareils électroménagers.

Elle n'avait que vingt-et-un ans quand elle avait été approchée par l'IRSEM à la sortie de son école de Génie Industrielle. Major de sa promotion, sa thèse sur les nanotechnologies avait fait l'objet de nombreuses publications dans des revues scientifiques et attiré les convoitises des plus grandes firmes industrielles à l'international. Si elle avait choisi d'accepter un poste au sein du Ministère de la Défense en France, ce n'était pas pour le salaire offert, très inférieur aux propositions qui lui avaient été faites dans le privé, mais parce que, de manière un peu idéaliste, elle souhaitait mettre ses compétences au service d'une cause plus grande que celle de simples intérêts commerciaux. Elle ne se voyait pas travailler pour accroître le chiffre d'affaire d'une entreprise de cosmétiques, d'un constructeur automobile, d'un concepteur de smartphones ou d'un multimilliardaire à la tête de sociétés numériques influentes. Bien sûr, elle aurait pu créer sa propre start-up afin de monnayer ses prestations, développer ses produits et rester indépendante, mais ce projet était celui de son père, pas le sien. Son leitmotiv à elle, c'était la recherche, pas la productivité. Amos avait pourtant tout tenté pour la dissuader d'accepter un poste au sein de l'IRSEM. Il lui avait proposé de financer son installation, de l'aider à obtenir des contrats grâce à ses relations, de lui trouver des sponsors et un comptable fiable, en vain. Frédérique ne concevait pas la recherche autrement que comme un progrès qui devait profiter au plus grand nombre et pas seulement aux classes aisées.

Estelle n'avait jamais compris la réticence de son mari à voir sa fille travailler pour un organisme de recherche public, fut-il militaire. Pour sa part, elle était fière de la décision de Frédérique, fruit d'une éducation où les valeurs morales étaient supérieures à celles du capitalisme.

XXXVIII

Samedi 30 décembre 2023 à 8h32, Col de la Sestrière, Alpes de Haute-Provence.

Fred serra le bandage autour de son genou gauche pour maintenir l'articulation en place. Séquelle des coups de matraque reçus dans les jambes pendant ses deux semaines de détention, elle avait la rotule voyageuse. Sa fille et elle avaient un long périple à accomplir. Elle enfila son pantalon de randonnée et vérifia leur équipement. Roulé sur le dessus de son sac à dos, un grand sac de couchage à capuche beige était censé les protéger du froid pendant les quatre prochaines nuits en extérieur.

Lili, toujours assise à la table du petit-déjeuner, dessinait le soleil, le ciel, des fleurs et des oiseaux à grands coups de feutre maladroits. Avec concentration, elle mélangeait sur sa feuille le bleu, le jaune, le rouge, le rose et le vert. Tout comme son père, elle adorait les couleurs vives. La première fois que Fred avait vu Benoît entrer – en retard – dans un amphithéâtre bondé pour assister à leur premier cours de mécanique des fluides, elle avait bloqué sur sa chemise bleu électrique, son pantalon et sa cravate en cuir rouge, ses bottes en écailles vert lézard et la monture arc-en-ciel de ses petites lunettes rondes. Leurs regards s'étaient croisés, il était venu s'asseoir à côté d'elle, elle l'avait délibérément ignoré durant une heure, puis avait quitté les gradins sans lui avoir laissé la moindre chance de créer le contact. A midi, alors qu'elle déjeunait seule à la cafétéria, il s'était planté en face d'elle, son plateau entre les mains, pour lui demander l'autorisation de venir s'asseoir à sa table. Il avait l'air gauche et solitaire. Elle avait poliment accepté. Ce jour-là, elle s'en souvenait, ils avaient tous deux dans leurs assiettes une tranche de poisson pané et des haricots blancs à la sauce tomate. En dessert, elle avait choisi un flan au caramel et lui une coupelle de fruits au sirop, pêle-mêle fluorescent de pêche orange vif, de cerise rouge vermillon et de raisin vert émeraude. Il avait enfourné deux fourchetées de son plat à peine tiède, avait demandé à Frédérique son avis sur l'équation d'Euler et ils avaient tous deux manqué leurs cours de l'après-midi, absorbés par leur discussion.

Très vite, leur cursus universitaire avait divergé, mais leur couple, lui, avait perduré. Au sortir de l'IUT, alors que Fred était déjà en contrat au sein de l'IRSEM depuis deux ans, Benoît avait trouvé un emploi de technicien dans une société de matériel médical. Son travail consistait à régler et installer des lits médicalisés au domicile des clients.

Les deux jeunes gens n'habitaient pas ensemble et travaillaient beaucoup. Ils se retrouvaient le dimanche et deux ou trois soirs par semaine. Quand Fred était tombée enceinte, après quatre ans de relation, elle avait posé deux conditions au fait de garder l'enfant : que Benoît accepte de l'élever à son domicile et qu'il reste discret quant à la situation. Il ne devait parler à personne de cette grossesse, ni de la profession qu'elle exerçait. Pour elle, il était primordial que son employeur ignore tout de son état.

Elle avait porté des vêtements amples durant les deux derniers mois de sa grossesse, avait continué à se rendre quotidiennement sur son lieu de travail jusqu'à la veille de l'accouchement et n'avait déserté le laboratoire que trois jours, quand elle avait dû se rendre à la maternité. Officiellement, elle n'avait eu qu'une mauvaise grippe.

Après la naissance d'Emilie, ils avaient cessé de faire l'amour. Fred se rendait chez Benoît tous les soirs après la tombée de la nuit, mais refusait désormais toute forme de relation intime avec lui. Elle venait pour voir sa fille, la tenir contre elle, sentir son odeur de bébé, lui faire prendre son bain, lui donner un biberon, la coucher, puis repartait dormir dans son propre appartement.

Benoît avait rencontré Justine six mois après la naissance d'Emilie.

Fred et lui s'étaient séparés en bons termes et le jeune homme n'avait pas tardé à emménager avec sa fille et sa nouvelle amie dans un grand trois pièces en rez-de-jardin du côté d'Aubagne. Là-bas, Lili avait sa propre chambre, qui donnait sur une belle terrasse engazonnée d'environ dix mètre carrés, au centre de laquelle un bac à sable avait été installé. Justine et Benoît s'étaient mariés l'année suivante.

D'abord méfiante vis-à-vis de la nouvelle venue dans la vie de sa fille, Fred avait rapidement été rassurée par son attitude bienveillante. Justine avait toujours accueilli Frédérique avec le sourire et Lili semblait l'adorer. Jamais elle n'avait cherché à interférer dans leur routine du soir. Frédérique sonnait à la porte du jeune couple, faisait la bise à son ex du bout des lèvres, saluait poliment sa nouvelle épouse et s'installait avec Lili dans sa chambre d'enfant jusqu'à ce que la fillette s'endorme.

Lorsque Benoît était décédé dans un accident de la route dix-huit mois plus tard, Fred et Justine avaient beaucoup discuté de l'avenir de Lili. Justine avait gardé le patronyme de son défunt mari et Lili portait donc le même nom qu'elle. Fred lui avait proposé de conserver la garde de la fillette, en échange de quoi elle lui verserait une pension en liquide pour subvenir aux besoins de l'enfant. Justine, qui avait toujours traité Lili comme sa propre fille, avait accepté les conditions du marché. Les deux femmes étaient tombées d'accord sur le fait que cet arrangement permettrait d'éviter à l'enfant de voir son cadre de vie trop chamboulé après la perte de son papa.

Bien sûr, c'était la version officielle.

Fred, de son côté, était avant tout soucieuse de maintenir l'anonymat de sa fille. Le décès du jeune père, aussi malheureux soit-il, était pour elle l'occasion de rebattre les cartes. Si jusqu'ici elle s'était toujours rendue au domicile de Benoît après le coucher du soleil, Fred allait désormais pouvoir rendre visite à Emilie au grand jour. Avec la disparition du père, le risque que des observateurs extérieurs fassent le lien entre Benoît, Emile et elle, disparaissait également. Dès lors, l'objectif de Fred était simple : se rapprocher de Justine, s'en faire une amie, lui proposer de les accompagner, Emilie et elle, dans toutes leurs sorties, s'afficher publiquement en compagnie de la jeune veuve, jusqu'à laisser planer le doute quant à la nature de leur relation. L'idée était de pouvoir passer un maximum de temps avec sa fille sans que personne – hormis Justine elle-même – ne soupçonne leur lien de parenté.

Et sa stratégie avait fonctionné. Aux yeux du voisinage, des parents d'élève de son école et des commerçants du quartier, Lili était à n'en pas douter la fille de Justine.

Oui, Fred avait manipulé Justine. Elle s'était servie d'elle, avait cherché à acheter son amitié par des services, des invitations, de l'argent, mais avait été désarçonnée par la sincérité avec laquelle cette dernière répondait à ses marques d'attention en retour. Justine était généreuse et spontanée, spontanéité qui avait toujours fait défaut à Frédérique. Elle avait mis du temps à comprendre que l'ex épouse de Benoît était sincèrement et profondément attachée à Lili. La jeune femme s'efforçait de protéger l'enfant, de créer autour d'elle une bulle de bonheur, qui incluait le fait de lui permettre de passer le plus de temps possible avec sa mère.

Evidemment, Frédérique ne pouvait pas se permettre d'accueillir l'enfant chez elle, même si c'était son souhait le plus cher. Surprise de constater, au détour d'une conversation, que Justine ignorait tout de l'emploi qu'elle exerçait, elle lui avait expliqué être responsable régionale d'une chaîne de salles de sport. Bizarrement, c'était le premier mensonge qui lui était venu à l'esprit, peut-être parce qu'il était cohérent avec les apparences : elle avait une excellente forme physique, des revenus corrects et manquait singulièrement de disponibilités. Quand elle avait justifié l'irrégularité de ses horaires de travail par le fait qu'elle était souvent en déplacements dans ses succursales (ce qui était faux, bien entendu...), Justine s'était mise à lui préparer des plats à emporter plusieurs fois par semaine : tarte tatin, gratin de chou-fleur, endives au jambon, quiche lorraine ou velouté de légumes.

Fred éprouvait parfois du remord face à tant de bonne volonté, mais se déculpabilisait en se disant qu'après tout, elle ne lui faisait aucun mal (aucun mal jusqu'au jour où…). Avec le temps, elle avait même fini par la considérer comme une véritable amie. Leurs sorties à trois, avec Emilie, lui faisaient un bien fou.

Elle se souvenait d'un dîner au restaurant à la fin duquel Justine avait commandé une glace, tandis qu'elle-même s'était contentée d'un café. Le serveur avait posé la coupe au milieu de la table avec un cœur en Chantilly au milieu et deux cuillères plantées dans la crème. Elles en avaient ri à se tenir les côtes.

Justine était… avait été… une belle-mère exceptionnelle et… oui, elle pouvait l'affirmer aujourd'hui, une amie précieuse.

XXXIV

Samedi 30 décembre 2023 à 8h36, Base Opérationnelle de l'ile-Longue, Crozon, Finistère.

Le gus qui avait infiltré leur système d'information avait des compétences redoutables. En vingt ans de boîte, il en avait vu des vertes et des pas mûres, mais sur ce coup-ci, la restauration complète du serveur lui avait demandé plusieurs semaines. Et là, enfin, il y était.

Satisfait de son travail, il appuya sur une touche et croqua dans le biscuit qu'il avait acheté à la boulangerie sur son trajet. Il mastiqua la sucrerie avec satisfaction, puis se cala confortablement au fond de son siège. Au bout de quelques secondes, il se pencha à nouveau sur l'écran, intrigué.

« Qu'est-ce que… ? »

L'informaticien reposa à côté de sa tasse de café le

cookie aux trois chocolats qu'il était en train de déguster.

Il pianota à nouveau sur le clavier de son ordinateur, mais les lignes de codes disparaissaient sous ses yeux sans qu'il ne puisse interrompre le processus. Il n'avait pourtant rien fait d'autre que lancer une analyse du système après l'avoir réparé. Jamais il n'avait été confronté à pareille situation. Il essaya une nouvelle commande, sans succès. Il tenta alors de forcer l'arrêt du programme en urgence, puis de copier en parallèle les données avant qu'elles ne s'effacent, toujours sans le moindre résultat. Il commençait à transpirer, lèvres serrées et front plissé par la concentration, quand il entendit en fond sonore l'alarme *serveur endommagé*. Il sentit brusquement le tissu de sa chemise lui coller aux aisselles, tandis que son téléphone se mettait à sonner.

Alertés par l'anomalie sur leurs écrans de supervision, le service de cyber sécurité du Ministère l'appelait pour en savoir plus. Ils voulurent prendre la main sur le système à distance, mais la demande de télémaintenance ne s'affichait pas sur le bureau.

« Vous ne voyez toujours rien ?

- Non, fit le technicien.

- Cliquez sur « Accepter ».

- Mais rien ne s'affiche !

- La demande est partie, vous avez forcément une fenêtre à l'écran.

- Ecoutez, je connais mon boulot et je vous dis que rien ne s'affiche !

Il y eut un long silence au bout du fil.

- Forcez manuellement l'arrêt du serveur central.

- Vous êtes sûrs ?

- Nous n'avons pas d'autres solutions pour le moment.

- Mais les failles de sécurité…

- Quelles failles de sécurité ?! Le système est en train de s'autodétruire, le malware s'est déjà propagé à six programmes majeurs, il faut stopper l'hémorragie ! Prenez votre badge d'accès à la zone rouge et allez éteindre le serveur. Nous prévenons la direction de la Base par téléphone et nous dépêchons un expert sur site en urgence pour vous épauler. »

La communication fut brusquement interrompue : le cadre informatique du Ministère avait raccroché. Stupéfait, le technicien garda le combiné sur son oreille encore près d'une minute, comme hypnotisé par le défilé des caractères sur l'écran de son PC.

Tout à coup, il réalisa l'urgence de la situation, reposa son téléphone et se précipita à l'étage, son badge magnétique à la main.

XL

Samedi 30 décembre 2023 à 8h41, Col de la Sestrière, Alpes de Haute-Provence.

« Maman…

Fred se retourna.

Est-ce qu'on va mourir ?

- Bien sûr que non, dit-elle, stupéfaite. Pourquoi penses-tu à ce genre de chose ?
- Est-ce que Justine est morte ?

Fred écarquilla les yeux, prise au dépourvu par la brutalité de la confrontation :

Heu… J… Je ne… Lili… Pourquoi ces questions ? bégaya-t-elle.

- J'ai rêvé d'elle, cette nuit. Elle était au Ciel avec papa.

La jeune mère baissa la tête et prit l'enfant par les épaules :

- Ecoute, ce n'était qu'un rêve. Les rêves ne sont pas réels.

La petite fille se tortilla sur son siège :

- J'ai un peu peur…

- Il ne faut pas, je te protège.

- Je sais. Justine m'a dit que papa et elle me protégeaient aussi.

- Justine est morte ! s'emporta soudain Fred, avant de se mordre les lèvres.

- Je sais, répondit à nouveau Lili avec un haussement d'épaules désinvolte. Elle me l'a dit dans mon rêve.

Fred secoua la tête, désemparée :

- Ce n'est pas le moment, Lili, vraiment pas. Nous en reparlerons, c'est promis, mais il faut qu'on y aille, maintenant. Tu comprends ?

- Avant que les méchants ne viennent ?

- Oui, avant que les méchants ne viennent. »

L'enfant acquiesça docilement. Elle se mit sur ses petites jambes, souleva son sac Petite Sirène, passa les bras dans les bretelles et regarda sa mère d'un air extraordinairement sérieux :

« Je suis prête. »

Fred déglutit dans l'espoir de faire disparaître la boule qui s'était formée dans sa gorge, mais fut incapable de prononcer une parole. Elle se contenta d'approuver d'un hochement de tête et souleva de terre son propre sac à dos pour le mettre sur ses épaules. Après tout ce qu'elle avait déjà fait, elle ne pouvait plus reculer. Elle ferma les yeux, poussa un profond soupir et prit sa fille par la main pour la conduite vers la sortie.

Fred repoussa le couvercle du blockhaus vers l'extérieur. Durant une poignée de secondes, la réverbération du soleil sur le manteau neigeux l'aveugla. Elle inspecta les alentours, redescendit dans le soupirail et invita Lili à grimper à l'échelle devant elle pour s'assurer qu'elle ne tombe pas en arrière. Arrivée à l'air libre, Lili sauta dans la neige à pieds joints et tapa des mains :

« C'est bôôôôôô !!! »

Fred sortit à son tour, se retourna et sonda une dernière fois du regard les abysses du sous-terrain. Une fois l'abri refermé, elles n'auraient plus nulle part où se cacher. Elle espérait au moins ne pas avoir failli à la mission qu'elle s'était fixée. Elle espérait avoir réussi à détruire le programme Wotan et toutes ses ramifications. Elle ne savait pas jusqu'où les tentacules du projet s'étaient étendus, mais elle avait

« nettoyé » les circuits en profondeur. Des départements de recherche aux sites de fabrication d'armes, des serveurs de stockage aux sites d'expérimentation, elle s'était efforcée d'effacer toute trace potentielle des savoirs technologiques et des matériaux nécessaires à son déploiement. Elle avait infligé des pertes colossales à l'armement de son pays, elle en avait conscience. Des pertes humaines, scientifiques, matérielles et financières. Rien que les puces électroniques produites par Simon dans son laboratoire valaient plus de 50 000 euros pièce. Elle avait provoqué des dizaines de morts et terrifié des innocents. Elle avait semé autour d'elle ce qu'elle détestait le plus : le chaos.

Et si un jour, malgré ça, quelqu'un parvenait à reproduire la technologie développée au sein du programme Wotan, elle serait coupable de crimes contre l'humanité.

« Tu as oublié quelque chose, maman ? », demanda Lili.
Fred secoua la tête pour s'extirper de ses pensées.
« Non, ma chérie, j'espère n'avoir rien oublié... »
Elle referma le bunker.
La montagne, la route, l'avion... Et au bout du

voyage, peut-être, la liberté.

Elle tendit la main à la fillette, qui agrippa son index :

« Est-ce qu'on reviendra ? interrogea la fillette.

- Non, Lili, il n'y a plus rien d'intéressant pour nous, ici. On va aller habiter chez papi et mamie.

- C'est vrai ?

- Oui. Tu es contente ?

- Super ! s'écria l'enfant en battant à nouveau des mains.

Frédérique ouvrit les doigts, paume vers le haut :

- Il ne faut plus lâcher la main de maman, mon cœur, c'est important.

La fillette attrapa à nouveau l'index de sa mère.

Autre chose… Il faut que tu parles plus doucement, d'accord ?

- A cause des avalanches ?

- Aussi, répondit Fred, un peu surprise.

- C'est très loin, chez papi et mamie ?

- Un peu. On va devoir prendre l'avion.

- D'accord.

Lili leva les yeux vers le visage de sa mère et serra ses petits doigts autour des siens :

N'aies pas peur, maman, je suis là.

- Je sais. Toi et moi nous veillons l'une sur

l'autre, pas vrai ?

-   Vrai !

-   Alors nous ne courons aucun danger. »

XLI

Samedi 30 décembre 2023 à 8h44, La Ciotat, résidence sécurisée d'un quartier résidentiel.

Rodolphe ajusta ses boutons de manchette sur ses poignets, se regarda une dernière fois dans le miroir, passa sa main dans ses cheveux noirs laqués, sourit à son reflet et courba le buste pour s'emparer de l'attaché-case posé à ses pieds.

Il referma la porte de son appartement, descendit les escaliers en petites foulées sportives, un peu nerveux à l'idée de devoir négocier son départ de l'Institut, et se retrouva enfin dans la rue. Tandis qu'il marchait en direction de son garage, il réfléchissait à la meilleure manière de tourner sa lettre à destination des services RH. Devait-il jouer la transparence ? Ou, au contraire, en dire le moins possible ? Devait-il évoquer son souhait de reconversion professionnelle ? Ou se borner à demander un rendez-vous au sujet de sa carrière ?

« Cher Monsieur, chère Madame, se dicta-t-il à lui-même. Je viens par la présente solliciter vos conseils quant à de futurs projets professionnels. Dans cette optique, je me tiens à votre disposition pour un entretien aux date et heure qui vous conviendraient et sous la forme de votre choix : dans vos locaux, par téléphone ou en appel visio.
Respectueusement.
Rodolphe Marquez »

Il secoua vigoureusement la tête, mécontent de sa prestation. Avec des formules aussi vagues, il risquait d'attendre son rendez-vous jusqu'à la Saint Glin-Glin !

« Cher Monsieur, chère Madame, reprit-il posément. Je sollicite de votre très haute bienveillance…

Non, c'est nul ! s'interrompit-il aussitôt. Je souhaiterais… Non, je souhaite… Non plus ! Il faut employer un ton plus assertif… Je vous prie de bien vouloir me recevoir aux date et heure de votre choix. Point. »

Il s'arrêta au milieu du trottoir, contrarié par l'agressivité de cette dernière phrase. La dernière chose à faire, dans sa situation, était de donner des ordres à ceux qui tenaient son avenir entre leurs mains. Rodolphe n'était pas en position d'exiger quoi que ce soit pour le moment, même s'il avait en sa possession des informations sensibles qui touchaient à la sûreté nationale. Dans un premier temps, il lui fallait faire profil bas. La négociation quant aux conditions de son départ viendrait dans un second temps. Il prit une grande inspiration.

« Madame, Monsieur, tenta-t-il pour la troisième fois. Après dix années de travail d'une exceptionnelle richesse au service de l'Etat, j'ai pour projet à court ou moyen terme de diversifier mon expérience professionnelle dans le secteur privé. Aussi ai-je besoin de m'entretenir avec vous dans des délais raisonnables. Merci par avance de bien vouloir me fixer rendez-vous dès que vos disponibilités le permettront.

Je vous prie d'agréer, Madame, Monsieur, l'expression de mes salutations distinguées.

Rodolphe Marquez, Directeur Adjoint de l'IRSEM.

Ou Directeur par intérim ? »

Il fulmina soudain après son ancien patron. Cet égoïste de Louvier, avant de se supprimer comme un lâche, avait-il seulement pensé aux responsabilités qu'il laisserait ainsi sur les épaules de son second ?! Evidemment que non !

« Reste concentré ! », s'admonesta-t-il. Après tout, il n'y avait encore rien d'officiel.

« Madame, Monsieur. Après dix années de travail d'une grande richesse au service de l'Etat, j'ai pour projet à court ou moyen terme de diversifier mon expérience professionnelle dans le domaine privé. Aussi sollicitai-je un entretien avec vos services à la date de votre convenance.

Vous remerciant par avance et restant à votre disposition, je vous prie d'agréer, Madame, Monsieur, l'expression de mes respectueuses salutations.

Rodolphe Marquez, Directeur Adjoint de l'IRSEM. »

Voilà qui était mieux ! Il sortit son smartphone de sa poche et mit en marche l'enregistreur vocal avant que la formule ne lui échappe. Il dicta son texte à haute et intelligible voix, sans oublier les points et les virgules.

Absorbé par l'exercice, Rodolphe n'avait pas remarqué la grande berline de couleur sombre qui roulait au pas à sa hauteur depuis près d'une minute.

« Monsieur Marquez ? »

Une sueur glacée lui coula entre les omoplates.

« Déjà ? », pensa-t-il un peu naïvement.

Il se tourna vers l'origine de la voix et vit un homme avec des lunettes noires tendre à travers la portière une carte tricolore.

« Montez dans le véhicule, s'il-vous-plaît. »

Une portière s'ouvrit à l'arrière.

Rodolphe monta dans la voiture aux vitres fumées, la peur au ventre. Il l'ignorait encore, mais son corps ne serait jamais retrouvé.

EPILOGUE

Elle se redressa, l'enfant dans les bras. Sur la colline voisine, Max, engourdi par le froid et l'immobilité, posa un genou dans la neige. Il l'attendait depuis près de sept heures, soufflant entre ses mains gantées pour prévenir les engelures, mais il n'avait pas perdu son temps : il la tenait enfin dans son viseur. Il ajusta le pointeur infra-rouge sur sa tête, à la base du crâne. Il ne savait pas vraiment qui était la fillette qu'elle portait sur sa hanche, mais il n'avait pas à s'en soucier. Une fois sa mission accomplie, il signalerait simplement sa présence aux équipes d'intervention afin qu'ils envoient un médecin sur place pour la prendre en charge.

Il commença à appuyer lentement sur la détente de sa carabine, quand Frédérique se retourna. Elle l'avait vu, mais il était trop tard. A plus d'un kilomètre de distance, leurs regards se croisèrent. Elle était à découvert et ne pouvait pas éviter la balle. L'enfant qu'elle serrait dans ses bras n'avait pas plus de 4 ou 5 ans. Il comprit tout à coup qu'il s'agissait de la fillette disparue : elle ne l'avait pas tuée, elle l'avait enlevée. Dans la lunette de son Cheytac M200, comme au ralenti, Max vit la jeune femme lui tourner le dos et jeter l'enfant loin d'elle. Il appuya un peu plus fort sur la gâchette, qui résistait sous son doigt, puis s'immobilisa. La fille n'avait pas amorcé le moindre mouvement de fuite. Max fut soudain frappé par cette scène de sacrifice ultime.

Il relâcha lentement la détente.

« Bonne chance », murmura-t-il.

Frédérique resta debout pendant de longues secondes, sous le vent froid qui fouettait son visage. Sa fille, qui s'était écorchée le menton lors de sa chute, hurlait de peur et de douleur sur le sol gelé. Comme le sifflement de la balle n'arrivait pas, Fred se retourna vers la colline opposée : le snipper n'était plus visible. Elle fit alors quelques pas dans la neige, s'agenouilla près de l'enfant, s'excusa de l'avoir fait tomber, lui fit un « *bisou magique* » sur le menton et la reprit dans ses bras.

Lorsqu'elle se redressa, elle regarda une dernière fois en arrière, mais le tireur avait bel et bien disparu.

Elle rajusta le bonnet de laine sur la tête de Lili et se remit à marcher en direction de la frontière.